T'occupe pas
de la marque du vélo
pédale !

© Éditions Renaissens

Collection : COMME TOUT UN CHACUN

ISSN : 2649-8839

www.renaissens-editions.fr

Les éditions Renaissens publient les écrits d'auteurs aveugles, sourds, handicapés et de toute personne souffrant de l'exclusion.

Cécile Meslin

T'occupe pas
de la marque du vélo
pédale !

Roman

« Ne me la raconte pas trop la Blonde !
Moi, dans un livre ? Embrasse bien
ma douce Prunelle, Violette, Roméo
et les trois p'tits bonshommes
devenus jeunes hommes,
et n'oublie pas les copains !
Tu leur diras "trinquons",
ils imagineront la suite.»
Doigts d'Or

Folle jeunesse

Toute fraîche et pimpante, Pétronille est en dernière année d'école d'infirmière.

À vingt-deux ans, tout va très bien dans sa vie. Aucun obstacle. Que des portes à ouvrir. Un élan d'ondes positives la pousse infatigablement dans cette belle et folle jeunesse.

Un soir, au gré de ses envies de jeune adulte imprévisible, elle vient chercher sa mère à la sortie de son travail. Elle est fière, dans sa 205 repeinte en rouge, pétillante comme elle. Roméo, son amoureux, l'accompagne.

Ravie de cette surprise, Prunelle ne rentrera pas à pied, ce soir.

— Dis, maman, ça poserait un problème si j'habitais chez Roméo ? lui demande-t-elle alors qu'elle conduit.

Pétronille ne prête pas attention au silence, ni à la réponse. Elle ne regarde pas non plus la réaction du jeune homme à qui elle n'a visiblement pas parlé de ce projet. À vrai dire, elle s'étonne d'avoir posé cette question. Elle est comme folle, impulsive, gaie, spontanée, vraie, sans filtre, légère ! Le plus surprenant c'est qu'elle n'attend pas forcément de réponse. Elle continue de conduire, naturellement et simplement, alors qu'elle vient d'annoncer de but en blanc qu'elle part vivre, ce soir, chez son amoureux.

Dès l'âge de seize ans, elle a voulu tester le monde actif. D'abord animatrice pendant les grandes vacances dans les centres de loisirs, elle a ensuite fait des ménages dans les hôtels rennais et à la caisse régionale d'assurance maladie de Bretagne. Étudiante, elle a vendu du pain tous les dimanches dans une boulangerie avant de travailler comme aide-soignante ou agent des services hospitaliers les week-ends et les jours fériés à partir de sa deuxième année d'école d'infirmière.

Elle comble ses parents qui, eux, ont dû quitter l'école et travailler dès l'âge de quatorze ans. Ils lui ont appris cette notion de labeur et d'efficacité dans l'action, « à la sueur du front », non pas dans le loisir. Naturellement, Pétronille reproduit le schéma familial. Elle veut travailler. Elle en a besoin pour se canaliser et se confronter à la société. Fruit de l'amour de ses parents, mélange détonant et explosif, elle montre aussi sa détermination à être indépendante.

Pétronille réussit tout ce qu'elle entreprend. Prise dans son aspiration optimiste, un échec devient pour elle un challenge.

Ce soir-là, elle dépose Prunelle à la maison et monte dans sa chambre faire son sac. Son sourire est immense. Ses mains sont agiles et rapides. Ses yeux sont à l'affût pour ne rien oublier. Elle dévale l'escalier et se dirige vers le portail d'un pas décidé. Elle part vivre avec Roméo sans demander son reste, sans avoir dit au revoir à Doigts d'Or, son père. Elle laisse à sa mère le soin de lui expliquer, de trouver les mots justes quand il rentrera du travail. Le départ de sa sœur Violette, de sept ans son aînée, ne leur avait pas été facile à accepter mais ils avaient pu s'y préparer, alors que là…

Comme tous les vendredis soirs, Doigts d'Or offrira en arrivant un bouquet d'œillets à sa chère Prunelle. Il sera tout joyeux, puis triste en apprenant la nouvelle. Histoire de penser à autre chose, il faudra organiser une sortie pour le week-end et envisager la vie autrement, seuls désormais.

Puis vient le jour de sa remise de diplôme. Pétronille est nommée infirmière diplômée d'État (IDE). Reçue majore de sa promo, elle a l'embarras du choix et accepte un poste dans un service d'entrants à l'hôpital psychiatrique, un poste rarement proposé à une jeune diplômée.

Pétronille se lance en conquérante. Tout prend forme. Elle s'envole. Son autonomie financière de jeune active est en route.

Robert, l'infirmier avec qui elle va travailler au pavillon des Jonquilles, ne fait pas l'unanimité auprès de ses collègues, mais ça ne la dérange pas. Elle observe sa façon de faire. Elle remarque qu'il s'assoit souvent dans un fauteuil de la salle de vie où les patients prennent leurs repas et s'adonnent à leurs activités et loisirs. Robert observe et écoute sous ses airs de "je n'en fous pas une".

Il est différent des autres qui préfèrent s'enfermer dans le bureau ou la cuisine pendant les temps de pause. Il est ouvert aussi, car il laisse Pétronille mener à sa guise ses nombreuses activités. Ravie de tout ce qu'elle découvre, elle a des ailes auxquelles s'ajoute cette fougue incroyable de la jeunesse. Elle fonce. Avec son sourire ravageur, personne n'ose s'opposer à ses initiatives, d'autant qu'elle accomplit toujours son travail en temps et en heure.

Un jour, pourtant, Robert lui demande de

s'asseoir près de lui dans cette salle de vie.

— Tu me donnes mal à la tête à courir partout et nulle part, à bouger sans cesse, dit-il.

Il lui parle très posément.

— Je vais t'apprendre. Regarde, monsieur Zozio vient d'entrer. Il va descendre les volets de dix centimètres environ et secouer sa chaise avant de s'asseoir. Il va parler à la télévision éteinte. Il entend des voix. Aujourd'hui, elles ont l'air d'être bien-veillantes. Il est arrivé ici parce qu'il a failli foutre le feu à tout son immeuble. Il voulait se protéger de ces voix et a allumé plusieurs cierges. La fenêtre était ouverte. Le feu a pris dans les rideaux, et son délire mystique s'est aggravé.

Pétronille comprend qu'elle est passée à côté de l'essentiel. Avec sa quiétude rassurante, son collègue lui apprend à observer et à écouter. Il la prend sous son aile.

— On forme une vraie équipe, Robert et moi, dit-elle à qui veut l'entendre.

Ses collègues sont surpris de voir que ce vieux bougre grisonnant et barbu a réussi à la mettre dans sa poche.

— Tout va très bien, répond Pétronille quand on l'interroge. On se marre bien, en bossant. C'est génial !

Satisfaite de son travail, l'infirmière en chef lui accorde toutes les formations qu'elle réclame. En entretien annuel on lui promet un parcours professionnel de cadre. L'apothéose ! Ses aptitudes et son investissement sont reconnus.

Pétronille secoue Robert qui semble se contenter d'un éternel quotidien en dépit d'une approche très personnelle. Elle a envie de mettre une touche de modernité, de dépoussiérer le service, d'ajouter un peu d'imprévisible. Elle propose alors des nouveautés.

— Et si on organisait une sortie pour faire prendre l'air aux patients ?

J'ai pensé à un cinéma ou à un pique-nique. On pourrait ainsi mesurer l'adaptation de chacun et tester leurs capacités d'un retour à domicile avec ou sans aide.

Robert ne s'y oppose pas. Les infirmiers peuvent en effet proposer des sorties, sous réserve de l'accord médical. Pétronille se met donc au travail, le but n'étant plus d'avoir de bonnes notes, mais de comprendre le fonctionnement de l'hôpital en dehors de sa structure. Pour y parvenir elle élabore des projets, assortis d'objectifs clairement définis pour chaque patient que Robert accepte de présenter avec elle. Son apparence de personne mûre et réfléchie met en confiance.

Ces moments partagés avec les patients hors de l'établissement sont de véritables bouffées d'air frais. Robert lui enseigne comment gérer ces nouvelles situations et rédiger des bilans. Leur duo surprend toujours, mais les collègues l'envisagent désormais sous un autre angle : au bout du compte, c'est peut-être Pétronille qui les a tous mis dans sa poche.

Au fil de ses expériences, cette jeune impulsive, un brin candide, organise seule la culinothérapie avec quatre ou cinq patients dits chroniques. Il s'agit de préparer avec eux un projet de repas, en fonction de leurs envies et du budget accordé par l'hôpital. L'activité comprend des sorties au marché rennais Sainte-Thérèse le mercredi, l'achat des ingrédients listés en réunion et la préparation du fameux déjeuner. Vient ensuite le partage du repas voulu convivial, afin de savourer cette autre liberté, ce moment d'échange plein de complicité et de satisfaction. Le rangement, la vaisselle et le café finalisent ces quelques heures passées dans la bonne humeur et la joie.

Les mois, les années défilent dans cet établissement. Pétronille apprend beaucoup. Elle travaille dans différents services car elle a soif de connaissances. Tout va bien mais pour elle ce n'est jamais assez. Elle a déjà une autre idée en tête. Aussi, elle remet à l'infirmière générale sa candidature pour la cellule médico-psychologique, en phase de création. Elle souhaite également être mutée à l'antenne du CHU pour gérer les urgences psychiatriques.

— Écoutez, Pétronille, lui dit la responsable, vous avez beaucoup de potentiel, vous apprenez vite et vous êtes un élément moteur dans votre pavillon. Tout se passe très bien sur les plans professionnel et relationnel. Même les médecins se fient à vous, alors que cela ne fait que cinq ans que vous êtes diplômée Mais je vous trouve beaucoup trop jeune pour intégrer les urgences psychiatriques. Il vous manque encore de la pratique et des formations. Il est trop tôt pour ce poste. Continuez ainsi, et on en reparle d'ici deux ou trois ans. Cela dit, je valide votre formation pour intégrer la cellule médico-psychologique.

Apprendre et expérimenter d'autres pratiques, Pétronille va adopter très vite ce comportement comme un nouveau défi.

La formation sur l'analyse systémique et transactionnelle lui plaît énormément. Le pouvoir des mots, leur reformulation pour être sûre d'avoir un échange constructif sont pour elle une révélation. La perfectionniste qu'elle est a encore trouvé un objectif à atteindre.

À côté de ce sacerdoce, Pétronille a façonné sa vie : deux beaux enfants et un mari attentionné. Aider ses fils à grandir, à s'affirmer, trouver des compromis avec Roméo pour les propulser vers la raison et l'autonomie est un travail à part entière et épuisant.

Ses journées sont donc bien remplies et rythmées. La famille, le couple, les amis, les maladies infantiles que Marco et Yannick se transmettent, l'entretien de la maison, les divertissements… illustrent la frénésie de la société pour tout un chacun.

Un poste aux urgences lui est enfin accordé mais elle n'a pas envie de se poser. Elle quitte finalement l'hôpital pour découvrir le métier d'infirmière libérale et voler de ses propres ailes. Se rendre au domicile des patients, dans des lieux personnels et intimes va la changer.

Sa première tournée se fait en compagnie d'Adélie, une infirmière libérale, bien maquillée, bien coiffée, bien habillée. Pas de blouse et beaucoup de mises en valeur pour séduire et attirer la confiance. Elle est tout sourire et pose sa veste en arrivant chez ses patients. Mais ce n'est qu'une image car entre deux visites, l'infirmière est stressée. Elle a les traits tirés, un œil sur la route, l'autre sur le planning, et les deux sur sa montre .

Durant cette course effrénée pour réaliser ses nombreuses visites à domicile, Adélie explique à Pétronille le nombre d'heures à faire par jour pour avoir un salaire décent, et comment ne pas trop perdre de temps dans les trajets. C'est enivrant techniquement parlant, mais humainement, Pétronille est loin d'être conquise. Elle a besoin de plus de temps chez ses patients. Elle reproduit alors son fonctionnement de l'hôpital : expérimenter différents cabinets pendant un an pour prendre ce qui lui plaît et améliorer ce qu'elle n'aime pas.

L'écoute, le contact, la gentillesse, le rire pour désarmer la souffrance et dédramatiser sont les clefs de son succès, ses armes. Elle se sert de ces atouts tout au long de sa carrière.

Dix-sept ans de travail comme infirmière libérale dans son propre cabinet, créé avec toutes ses convictions et valeurs. Elle se sent utile aux autres, parfois dans un climat d'injustice. Elle en vient à s'oublier elle-même par manque de temps et probablement d'énergie. Elle délaisse ainsi la lecture et la randonnée pour se consacrer de tout son cœur à sa famille et à son métier. L'éducation, l'enseignement, les devoirs des enfants, les différents sports nécessaires à leur aîné Marco pour débrancher son cerveau trop rapide d'enfant précoce, les soucis de leur cadet Yannick, contribuent à intensifier ses journées et celles de son mari. Il y a tant de choses à gérer dans le quotidien d'une famille !

Pétronille aime la folie, l'imprévisible, la surprise. Elle n'est pas différente dans son métier et dans sa vie de tous les jours. Elle a besoin d'attirer les sourires, que ce soient ceux des patients, d'amis, de connaissances, de la famille ou d'inconnus croisés au hasard.

Avec Picorette, l'une de ses nombreuses patientes chez qui elle se rend chaque matin - entre autres pour l'aider à prendre sa douche - elle a réussi à créer une complicité toute particulière.

— Helloooooo, tous les deux ! dit Pétronille à l'interphone.

— Hello, toute seule, lui répond joyeusement la cocotte qui vient de fêter ses soixante ans.

Picorette, qui souffre d'être devenue dépendante depuis déjà cinq ans, suite à une tumeur imprévisible, n'apprécie pas d'être bousculée dans son quotidien. Elle l'a fait payer à Pétronille dans les débuts : « Nan, c'est trop tôt » ; « Nan, c'est trop tard » ; « Nan, j'ai pas envie. »

Tellement d'excuses et beaucoup de larmes, de détresse, de demandes d'aide formulées de manière maladroite. Mais maintenant elles s'entendent comme larrons en foire. Le sourire est revenu sur les lèvres de Picorette qui se déplace en Rolls Royce à grosses roulettes.

— Direction la salle de bain, oust ! dit-elle d'une voix enthousiaste.

La pièce est exiguë et Pétronille place le fauteuil roulant à l'extérieur pour être à son aise avec sa petite patiente. Elle lui laisse toute son autonomie en faisant le clown, comme à son habitude. Elle n'a pas à chercher longtemps pour trouver des idées. Elle saisit le pommeau de la douche et s'en sert de micro, pendant que Picorette se lave : « Je suis malade, complètement malade ! », changeant l'intonation de sa voix pour celle de Serge Lama.

Elles rigolent toutes les deux et sont parfois totalement déchaînées. Puis le micro va de l'une à l'autre pendant que la toilette se déroule, sans que Picorette ait honte de se faire aider. La première fois qu'elles se sont ainsi amusées, le mari, alerté par les cris, est arrivé en trombe pour voir ce qu'il se passait dans la salle de bain. Aujourd'hui, il cherche lui aussi à participer, mais Picorette ne veut pas lui laisser de place dans ce petit concert improvisé.

— Fous-nous la paix, lui dit-elle en rigolant.

Pétronille ne sait pas trop comment faire pour qu'il comprenne qu'en venant systématiquement dans la salle de bain il perturbe les soins. Bien sûr il essaie de retrouver son duo d'antan. Alors, le jet allumé, l'infirmière se tourne vers lui, le "micro" à la main comme pour simuler une interview :

— Oui, c'est à quel sujet ?

Y'a de l'eau partout. Que de rires ! Picorette a les yeux brillants. Elle choisit des vêtements de plus en plus colorés. Elle fait attention à ne pas trop manger pour ne pas grossir. Elle veut rester coquette et il lui est difficile de laisser partir l'infirmière qui a encore beaucoup de monde à voir.

Spécialisée en oncologie pédiatrique, Pétronille recrée ses petits spectacles pour les enfants qui ont perdu si jeunes de leur naïveté et de leur innocence. Alice, cinq ans, ne va pas bien. Immunodéprimée, elle ne pourra pas participer à la recherche des œufs de Pâques cachés dans la commune. Comme elle en rêvait, Pétronille essaie de trouver une solution auprès d'un ami qui a toujours de bonnes idées.

— Dis, Pierrick, tu ne sais pas ce qu'on pourrait faire pour une de mes petites patientes qui ne se rendra pas à la chasse aux œufs organisée par la mairie ? Tu pourrais peut-être garder les siens dans ta cordonnerie le temps qu'elle se rétablisse ?

— Mais bien sûr, Pétronille ! répond-il dans un clin d'œil. Et tu écouteras le message que je lui adresserai sur ton téléphone. Euh, comment s'ap-pelle-t-elle ?

— Alice.

Ils ont tous les deux la même philosophie de vie : simple, naturelle, généreuse.

Un pirate à la voix de stentor laisse effecti-vement sur le portable de l'infirmière devenue matelot, un message pour la petite fille : « Ici Raquam Le Rouge, célèbre corsaire ! Alice, je te confie une de mes cartes. Regarde-la bien. Tu y découvriras l'une des cachettes dans laquelle je t'ai laissé un délicieux trésor ! »

En arrivant chez l'adorable petit ange pour sa séance de soins, Pétronille enclenche le haut-parleur de son téléphone pour que la famille puisse entendre le message destiné à Alice. Tous les yeux sont écarquillés et brillent, cette fois-ci de larmes de joie.

À la fin des soins, l'infirmière informe secrètement les parents que Pierrick le cordonnier gardera les œufs de Pâques le temps qu'il faudra dans un coffre de sa boutique.

Ils iront les chercher en famille… avant qu'Alice ne parte aux pays des merveilles quelques semaines plus tard.

Philomène, une autre patiente chérie et adorée, va sur ses quatre-vingt-dix printemps. Elle en a des choses à apprendre à Pétronille ! Elle lui montre ses tickets de rationnement de la Seconde Guerre mondiale qu'elle a gardés précieusement. Dans ce beau logement en plein centre de Rennes, cette vieille dame lui conte des moments de sa vie, heureux et malheureux, des détails qu'on n'a jamais enseignés à Pétronille en cours d'histoire.

Erwann, plus âgé encore, confie à l'infirmière une partie de son enfance. La perte de sa mère, l'abandon de son père qui, une fois remarié, l'avait placé chez une nourrice et ne venait le voir qu'une fois par an quand il fallait payer la famille. Tout jeune, le petit garçon, à qui on avait fait comprendre qu'il était une bouche à nourrir, avait appris le travail à la ferme. Il évoque ce temps pourtant lointain avec tristesse.

Puis il y a Loïc.

— Ah, Loïc ! C'est l'infirmière. Elle vient pour

toi. Bon, ben moi, je vous laisse tous les deux. J'ai horreur des piqûres, ça me fait tourner de l'œil.

— Ben, dis donc, Loïc, elle n'est pas très courageuse, ta maman… Tu as quel âge, toi ?

— Quatre ans, madame l'infirmière, murmure l'enfant, démuni et tout penaud devant cette étrangère.

— Waouh, quatre ans ! On dirait que tu en as au moins six, Loïc ! Montre-moi tes muscles, que je voie. Oui, je ne me suis pas trompée : j'ai tout de suite vu que tu étais très fort. Tu pourras dire à maman que tu as été très courageux pour la prise de sang. Regarde, on va s'installer tous les deux, avec ton doudou. Tu vois bien le dessin animé sur l'écran de la télé ?

Et elle enchaîne, après le hochement de tête timide du petit garçon :

— Regarde, je vous mets le garrot, à toi et à doudou. À trois, on va prendre une grande respiration sans bouger le bras. Je te montre d'abord…

De fabuleuses confidences, des échanges riches en enseignements, des accueils généreux pleins de gentillesse ou de détresse, définissent le quotidien de Pétronille.

Elle est souvent attendue comme le Messie

chez les quelques malades qui l'apprécient pour sa bonne humeur. Une jovialité qui leur fait oublier, ne serait-ce que quelques instants, leur mal-être.

De son côté, l'infirmière s'adapte à chaque situation et improvise, sans doute pour évacuer à sa façon ces maladies qui touchent les uns et les autres de manière si injuste.

Un jour, elle trouve un gros nœud sur le pare-brise de sa voiture. La fleuriste l'a confectionné avec ses plus beaux emballages pour la remercier de s'être si bien occupée de l'un de ses enfants.

— Merci, Hyacinthe ! J'adore ! Quelle surprise !

Pour ses quarante ans Pétronille décide de louer une salle. Elle veut que ses parents profitent de son anniversaire, surtout Doigts d'Or, son père, qui se remet à peine des suites d'un AVC. Et pour-quoi ne pas fêter le leur en même temps ?

— Cela ne changera pas grand-chose, leur dit-elle. J'ai déjà tout organisé. Comme Raymond se chargera du cochon grillé, il ne restera plus qu'à prévoir les desserts.

Elle réussit à les convaincre. Évidemment Violette est de la partie, avec Nimbus son petit garçon. Nimbus est le surnom que Doigts d'or lui a donné, car il a toujours la tête dans les nuages.

Deux ans plus tard, Pétronille invite tous les amis de ses parents chez eux pour leurs cinquante ans de mariage. Elle a tout prévu pour cette surprise : chaque convive apportera un plat, elle et son mari les boissons, et Violette s'occupera des chaises et des cotillons, histoire de bien rire.

— Tu crois que ça va leur plaire ? interroge Roméo un peu inquiet. Tous ces copains que tu fais débarquer sans les prévenir. Leur maison n'est pas très grande. Ton père fatigue vite…

Ce doute ne perturbe pas Pétronille, et pour être sûre que ses parents ne mangeront pas avant la fête, elle leur dit qu'elle viendra les chercher pour déjeuner à l'extérieur.

Doigts d'Or est ravi de cette excursion.

— Salut, la gosse ! lance-t-il en enfilant ses chaussures.

Mais la cloche de l'entrée sonne au même moment. Un premier ami entre, puis un deuxième et un troisième…

— Ah, mais on ne va pas y arriver ! Va bien falloir qu'on parte, crie Doigts d'Or, perturbé à l'idée de ne pas voir ses petits-enfants.

Pétronille lui parle alors de la surprise. Elle lui explique lentement car, depuis son AVC, son cerveau s'est ralenti. Prunelle, elle, a compris et commence à s'inquiéter pour la nourriture :

— Ça va durer encore longtemps ? s'inquiète-t-elle, le sourire indécis et tremblotant. Je n'ai rien à manger… Pétronille, faut mettre des rallonges à la table ? Violette, tu étais dans la combine ? Et la nappe, il faut aller chercher une nappe.

— Oui maman, faut mettre les rallonges.

— Combien ?

— Toutes… mets-les toutes.

Prunelle est aidée de Roméo et de ses deux filles pour tout installer. Quand elle s'assoit enfin pour souffler, la table se recouvre de délicieuses préparations à mesure que les amis arrivent. Ils s'installent, déposent leur plat et tapotent les épaules des parents de Pétronille, ravis d'avoir gardé le secret.

— Bon anniversaire, cachottiers ! crient-ils en chœur.

Tout le monde a le sourire. La fête est un succès. Quel moment ! Quel souvenir !

Des coups de folie comme celui-ci, Pétronille en a souvent. Peut-être parce que son expérience professionnelle lui fait vivre des moments sombres et qu'elle essaie le plus possible de voir le bon côté de la vie.

Une force la pousse sans cesse à se dépasser,

à entraîner les autres avec elle dans le rire, l'imprévu et le bien-être. C'est une façon de profiter encore de ses parents. C'est une manière de se jouer de la vie, tant que son énergie débordante de simplicité lui permet d'organiser et de provoquer des moments joyeux.

Le libéral lui ouvre d'autres espaces de jeux. À sa grande joie, son expérience tant technique que relationnelle s'enrichit encore. Elle pénètre dans l'intimité de personnes inconnues à l'occasion d'une prescription de soins ou d'un problème de santé, qu'il soit temporaire ou pas.

Injections, pansements, perfusions sont les prétextes d'une rencontre humaine. Parfois il lui faut faire le clown. Apporter de la lumière dans un endroit de stress, de douleur ou d'inquiétude est pour elle essentiel.

Et comme la voiture est indispensable pour ses déplacements, il lui en faut une qui soit fiable, pas trop chère et facile à garer. Pas question d'être gênée dans son travail pour un problème de véhicule. Pétronille se veut forte et indestructible.

La perle rare, belle, pratique, d'un prix raisonnable, est enfin trouvée, et elle en informe son mari et ses deux garçons qui ont hâte de la découvrir. Impatients, ils se serrent autour de son ordinateur. Mais quelle n'est pas leur déconvenue quand l'écran révèle une Fiat rose, aussi rose qu'un bonbon géant.

Un silence s'installe sur les visages stupéfaits.

— Mais… elle est terriblement rose ! dit Marco

— Maman, dis-nous que c'est une blague ! répond Yannick.

— T'es vraiment plus folle que je ne pensais, ajoute son mari. T'es sérieuse, là ?

— Moi, je n'irai jamais là-dedans, se défend l'un de ses ados. T'imagines la honte, si tu me déposes au collège avec ça ?

Les commentaires de contestation vont bon train et Pétronille les regarde, amusée.

— Enfin une voiture qui me correspond et que j'aurai plaisir à conduire ! lance-t-elle, joyeuse.

Leurs arguments n'influencent en rien sa décision. L'imprévisible, la différence, le côté déjanté signent sa personnalité enthousiaste.

Une fois de plus, le regard des autres lui est indifférent. Et une fois de plus elle a tout planifié : aller chercher la voiture à Lille avec Roméo en faisant une escale en amoureux à Honfleur. Déposer ses fils chez Prunelle et Doigts d'Or qui ont toujours plaisir à accueillir leurs petits-enfants. Les billets de train sont achetés. Les grands-parents sont informés et ont à peine été étonnés de cette nouvelle lubie.

À leur arrivée chez le vendeur, Pétronille l'achète sans même l'essayer. Elle a toutes les options. En cinq minutes, l'affaire est conclue.

Elle en attire, des regards, sur la route du retour ! Même au péage :

— Ça va, monsieur, elle roule bien ? demande le guichetier à Roméo, qui a finalement voulu tester le bolide…

— Je ne passe pas inaperçu, mais oui, elle a du répondant.

Bien qu'elle suscite de nombreux commentaires et que ses enfants demandent qu'on les dépose avant d'arriver au collège, cette voiture est un vrai bonheur. Son originalité est à l'image de sa conductrice. Pétronille en est fière. Elle la trouve pratique et facile aussi à repérer sur un grand parking.

— Viens voir la bagnole rose, lui dit l'un de ses patients, occupé à regarder par la fenêtre pendant que Pétronille range son nécessaire de soins. Qui peut bien conduire ça ?

Et Pétronille secoue avec espièglerie sa clef de voiture sous son nez.

— J'aurais dû m'en douter ! dit-il amusé. Y'a que toi pour conduire un truc pareil !

— Coucou, lui font les gamins qu'elle croise en chemin.

L'infirmière affirme ainsi son envie de voir la vie en rose, avec toute la légèreté d'une optimiste, d'une *épicuriste*, ce mot qu'elle a inventé.

Une façon de plus d'apporter de la bonne humeur dans les foyers où elle prodigue ses soins infirmiers.

Elle n'a pas l'impression de travailler quand elle passe ses journées à aider ses patients à aller mieux. Même si ce n'est que pour leur apporter un rayon d'espoir. Ce côté altruiste l'enthousiasme. Elle n'a pas de limite quand il s'agit de faire rire ou seulement sourire un visage triste. Bien entendu elle n'omet pas la concentration et le sérieux dans les soins qu'elle prodigue, mais elle estime que prendre du temps, écouter et aider, fait aussi partie de son rôle d'infirmière. À sa façon, elle réussit à associer les compétences techniques au relationnel.

Sa joie, sa compassion, son empathie la guident simplement et naturellement.

Le soir, quand elle rentre chez elle, elle prend systématiquement une douche. La cabine est comme un sas de décompression qui lui permet d'oublier les problèmes de ceux qu'elle soigne et d'être sereine pour sa famille.

Ses journées sont longues et difficiles, et ses enfants qui grandissent ont aussi leurs soucis. Parfois, elle en a « plein le dos », mais elle poursuit inlassablement ce ballet effréné, rythmé par son caractère fort et indestructible.

Ce n'est pas que la vie soit plus tendre avec elle qu'avec les autres, mais elle parvient toujours à tirer des leçons positives d'une blessure. Le décès de Marie, sa grand-mère maternelle, les nombreux problèmes de santé de son père, le cancer de sa mère... Autant de sujets d'inquiétude dont elle ne parle pas. Elle prend plaisir à travailler et à vivre joyeusement.

Autour d'elle elle tisse un réseau de professionnels toujours prêts à aider. Un coup de fil au chirurgien, un petit mot au médecin traitant, la visite d'une nouvelle structure, une rencontre avec l'infirmière du centre de l'enfance... Ces liens lui apportent beaucoup.

Dans sa vie privée elle est la même personne. Un bonjour ou un sourire sont l'excuse pour entrer en contact, mais elle ne force pas ceux qui ne veulent pas se lier. En camping, la Bretonne qu'elle est prépare des galettes de sarrasin pour tous les campeurs qui jouxtent son emplacement, une recette qu'elle tient de sa grand-mère. À la caisse des magasins, elle a toujours un petit mot pour l'hôtesse. À l'étranger, elle s'aide de gestes qu'elle agrémente de dessins quand elle ne trouve pas les mots !

Bref, enthousiasme, sincérité, gourmandise la nourrissent avec exaltation.

Jusqu'au jour où son corps dit « Stop ! », d'un coup formel, dictatorial.

Le burn-out corporel.

La performance, la compétitivité, la réussite professionnelle, l'intelligence... Son corps en a assez. Il se disloque, se fragmente. Il éclate pour exprimer sa saturation.

« Quand je te parle, tu ne m'écoutes pas, lui dit-il, tu continues, prise dans ton élan. Tu as pourtant appris que le chant des sirènes est envoûtant mais dangereux ! Te faut-il une tempête brutale, un coup de tabac comme disent les marins, pour que tu comprennes ? Alors, moi aussi, je vais être détonant, explosif et surprenant. »

Implosion

Pétronille commence à avoir mal au dos de manière épisodique. D'abord, elle n'y prête pas vraiment attention. Elle se dit que c'est l'âge ou la fatigue et que ça va passer. Elle soigne tellement de gens qui ont de vraies blessures ! Elle n'a pas besoin de soins. Pas elle ! Sa tête est forte et elle n'en fait qu'à sa tête ! Une super tête d'ailleurs : bien faite, remplie d'idées, de rêves, de gentillesse, de sincérité.

À côté : un corps assujetti qui tente de lever le doigt pour dire discrètement : « Hey, j'ai du mal à te suivre ! Fais une pause ! »

Face au despotisme de cette gigantesque cervelle, sans cesse affamée de découvertes, de rencontres et de joyeusetés… son corps a mal.

Pourtant, Pétronille continue comme avant. Elle est partout en même temps, obstinément, inconsciemment. Tellement fière d'être utile à cette société sectorisée, fragmentée, composée d'actifs et d'inactifs. Elle dit elle-même : « Je suis au centre et au milieu ».

Ce train de vie lui plaît et elle n'écoute pas les mises en garde de son corps. Toutefois, elle prend quand même rendez-vous chez son médecin traitant, le docteur Pencrec'h.

— Docteur, j'ai terriblement mal à la jambe gauche, lui dit-elle. Elle bouge toute seule. Je n'arrive plus à m'asseoir. La douleur est constante et ça, ce n'est pas normal.

— Une bonne sciatique, la rassure-t-il, sûr de son fait.

Il lui faut prendre des médicaments. Pour une fois, elle ne peut pas y échapper. Mais les jours suivants son état empire.

— Allô, Docteur, c'est insoutenable ! Je n'y arrive plus. Je ne peux même plus mettre mes chaussures.

— Je crois qu'on n'a plus vraiment le choix, abdique le docteur. Il va falloir aller aux urgences. Je leur adresse un mail.

Roméo l'y emmène. Dès son arrivée elle réclame un brancard car elle ne peut plus marcher. Ce qui lui arrive n'est pas anodin. Elle le sait. Elle entend le ton grave et fermé des professionnels de santé : « Scanner, IRM... »

Le diagnostic tombe à sa sortie du tunnel de l'imagerie :

— Dans une heure, madame, on est au bloc. C'est une urgence chirurgicale.

Le syndrome de la queue-de-cheval ! Voilà de quoi elle souffre. Les racines nerveuses situées dans le bas du dos émergent de la moelle épinière telle une queue de cheval innervant les organes et les membres inférieurs. Dans son cas, ces nerfs sont comprimés et il faut tenter de les libérer au plus vite.

Pétronille commence à comprendre. La paralysie de sa jambe, la pose de la sonde urinaire, ces autres symptômes qui sont apparus les uns après les autres…

Elle ne peut plus s'opposer à quoi que ce soit. Son corps qu'elle a maltraité a parlé. Direction : le bloc opératoire.

Dans la salle de réveil elle se rappelle avoir été secouée.

— Respirez mieux, madame.

Quand elle ouvre enfin les yeux elle se trouve dans une chambre à deux lits.

Le kiné, monsieur Cizopapillé, arrive, nonchalant. Il explique en détail l'opération,

IRM à l'appui, avant d'entamer sa séance. Pétronille prend conscience de la gravité de la situation. Les chirurgiens lui ont trouvé deux hernies discales auxquelles elle n'avait pas prêté attention. Deux hernies qui, inconnues jusque-là, avaient comprimé sa moelle épinière.

— Vous venez d'échapper à une paralysie définitive, dit le kiné. Donc, pas de conneries, hein ! Repos ! Pas d'efforts, pas de voiture, pas de reprise de travail avant deux ou trois mois.

Le verdict tombe telle une punition. Elle qui s'est tant démenée pour les autres, voilà sa récompense ! Elle est abasourdie.

L'infirmière devenue patiente n'a pas le choix : elle va devoir obéir.

Au fond, elle espère qu'elle ne sera pas comme les autres, qu'elle se rétablira plus vite. Elle a un cabinet à faire tourner. Son mental est plus fort.

Mais elle a mal. Très mal. Atrocement mal. Même si sa jambe est enfin au repos.

La nuit, la douleur l'envahit, la pénètre. « Je vais devenir folle, pense-t-elle, folle de douleur ! »

Elle accepte de prendre une demi-dose du comprimé prescrit en cas de besoin.

— Il ne faudrait pas que je m'habitue à la

morphine ! dit-elle à l'infirmière. On teste et on verra, sinon je vous rappelle.

Mais soudain sa respiration devient difficile, comme lorsqu'on l'a secouée en salle de réveil. Pétronille se sent mal et personne n'est là pour l'aider. La douleur est toujours aussi intense. Elle attrape la sonnette et appuie fortement, comme pour crier. Mais le temps passe et personne ne vient. Enfin l'équipe de nuit entre dans sa chambre.

Pétronille entend deux voix, puis :

— Elle a enfin réussi à s'endormir.

Et l'autre éteint la veilleuse, frôlant Pétronille dans son geste.

Non ! Pétronille ne dort pas ! Comment leur dire ? Comment les alerter ? Son corps s'enfonce progressivement dans la première phase du coma. Elle sombre. Mais les soignantes ressortent. Elles ne se sont rendu compte de rien. Elles la laissent seule dans sa détresse.

Combien d'heures se sont écoulées ? Elle ne sait pas. Elle entend un « Bonjour, c'est le petit déjeuner ! ». Il est plein de gaieté mais extrêmement aigu et stressant.

Elle entend le bruit du plateau que l'on dépose sur sa table. Puis les pas s'éloignent vers une autre chambre, pour répéter le même discours.

Elle entend cette voix qui revient :

— Infirmière ! Venez vite ! L'opérée ne réagit pas.

Pétronille est inerte. Loin, très loin, pourtant elle ne dort pas. Elle essaie d'ouvrir les yeux et de serrer la main comme le lui demande l'infirmière d'une voix douce et posée.

— Je crois qu'elle serre, mais c'est faible, dit l'infirmière à une autre personne.

Pétronille a l'impression de serrer à fond !

— On injecte toute l'ampoule, docteur, ou une demi-dose ?

La comateuse sent qu'on touche sa main gauche. Elle comprend qu'on lui administre l'antidote pour arrêter l'action de la morphine avant que ne s'enclenche la deuxième phase de coma. Son cerveau n'est pas complètement hors service. Pétronille est bien présente mais seulement par la tête, une tête qui voudrait commander ce corps qui, lui, ne répond plus. Ce corps qui a implosé.

Elle entend des bruits qui la ramènent à la réalité, des personnes qui s'activent autour d'elle pour éviter le coma. Son angoisse est terrible, puis d'un coup c'est l'apaisement total, le silence, le rien.

Sa tête lutte pour se maintenir en éveil. Peut-être tente-t-elle de stimuler ce corps inerte, usé, paradoxal, ambivalent, indescriptible, étrange.

Quelques heures ou jours plus tard Pétronille ouvre les yeux. La lumière est allumée dans
la chambre et la gêne. Roméo est là, près d'elle.
Est-ce la fin de la journée ? Sort-il tout juste du
travail ?

Elle n'a pas la force de parler. Les infirmières
discutent avec son mari. Pétronille n'entend pas ce
qu'ils se disent. Cette satanée lumière l'incommode
mais personne ne voit ce qu'elle essaie d'expliquer
avec les yeux. Elle décide alors de les refermer.

Quand elle les rouvre, Roméo n'est plus là.
Elle sonne. Elle a mal, très mal. Elle en informe
l'infirmière de nuit qui lui ordonne de prendre
un médicament et de l'avaler devant elle. Interlo-
quée, Pétronille refuse. Elle ne va pas prendre un
médicament qu'elle ne connaît pas et risquer de
retomber dans ce coma qu'elle vient de traverser.

— Non !

— Ne vous plaignez pas, alors. Je ne veux rien
entendre !

Cette attitude est inexcusable de la part d'une
professionnelle de santé. Intolérable pour Pétronille. Pire qu'un chantage ! Vouloir lui faire avaler
un comprimé sans nom, sans posologie et, pour
couronner le tout, en pleine nuit !

Sa désillusion l'accable. Elle n'a aucune

confiance dans cette équipe médicale qui ne cherche pas à comprendre ce qu'elle a !

Le lendemain matin, souffrant le martyr et complètement démunie, elle décide de prendre cette gélule miracle. La colère lui donne assez de force pour s'asseoir sur le bord de son lit afin d'éviter de sombrer de nouveau dans le coma. Elle sait qu'en cas de perte de connaissance, cette position entraînera inévitablement sa chute, de quoi leur montrer qu'elle ne s'est pas simplement endormie. Elle charge aussi sa voisine de chambre de la surveiller pendant une heure et de sonner si elle s'effondre. La sonnette dans sa main droite et l'autre en appui sur sa table à roulettes, elle attrape la gélule et l'avale après une troisième gorgée d'eau. Son angoisse est extrême.

Une heure passe. Aucun effet. Ni malaise, ni allergie, ni coma, mais la douleur persiste et personne de l'équipe ne vient la voir ! « Quelle bande de nuls, ils vont me tuer ! », pense-t-elle, prête à envisager une évasion pour ne plus être en danger. Elle a mal derrière le genou droit, une douleur nouvelle, différente de celle de sa jambe gauche. Les médecins soupçonnent une récidive et l'emmènent en urgence passer une IRM.

Non, finalement, ce n'était rien et on lui fait remarquer qu'elle n'est pas une patiente modèle :

— Il serait bon que vous nous écoutiez quand on vous dit qu'il faut marcher. On a l'impression que vous vous entêtez à faire le contraire de ce que nous vous conseillons, lui dit l'infirmière.

— J'ai mal à la jambe droite et je vous répète que ce n'est pas la même douleur qu'à gauche, mais vous ne faites rien. Est-ce que le chirurgien est au moins au courant ? Je ne l'ai pas vu depuis l'intervention. Allez le chercher !

— Pétronille, vous avez des douleurs neurologiques dans la jambe gauche, lui répond l'infirmière. C'est normal… enfin, c'est l'une des conséquences de la compression de votre moelle épinière.

— Quand je vous décris ces drôles de sensations, vous n'écoutez pas. Pour moi, ça ne veut rien dire « douleurs neurologiques ». Je subis des lancées qui me rendent folle. Et puis, pour ma jambe droite, je vous dis que ce n'est pas pareil, vous saisissez ou pas ?

— On ne voit rien.

— Oui, je sais ! Mes constantes sont bonnes, pas de température, pas de jambe rouge ! Mais j'ai mal ! Vous entendez, ou il faut que je gueule plus fort ?

Elle les bouscule avec aplomb :

— Et je ne marcherai pas car si c'est une phlébite, je vous rappelle que je risque l'embolie pulmonaire ! Bon Dieu, bougez-vous !

Pétronille tient tête trois jours d'affilée. Finalement on lui prescrit du bout des lèvres un écho-doppler qui révèle une double phlébite.

« J'avais raison ! pense-t-elle. Il faut que je me tire de là ! Et sans signer de décharge. Trop facile pour eux ! »

La nuit, comme elle n'arrive pas à dormir, elle discute avec l'infirmière de garde.

— Pourquoi on ne m'a pas prescrit d'anticoagulant quand j'étais dans le coma, après l'intervention ? demande-t-elle.

— Les anticoagulants favorisent l'hématome et un hématome aurait pu générer une compression, ce qu'il fallait éviter. Enfin, à mon niveau, c'est l'explication que je donnerais, lui répond sa confidente.

Il semble qu'il n'y ait pas eu de faute professionnelle mais Pétronille n'excuse pas le comportement du neurochirurgien, le docteur Pierre Puits, qui ne lui explique rien, qui ne l'ausculte pas, qui ne lui a jamais parlé du coma. Elle scrute le travail du service, tend l'oreille au cas où l'on parlerait d'elle. Épie. Qu'on ne prenne pas le temps de lui demander quel a été son ressenti lors de ce coma lui paraît fou, étrange, bizarre.

Elle en arrive même à croire qu'elle l'a inventé puisque personne ne lui en parle et qu'il ne sera pas noté dans son compte-rendu d'hospitalisation. Plus tard, sur les conseils de madame Tortue, la gentille secrétaire du docteur Papillon, elle demandera son dossier médical et elle la trouvera sa preuve au milieu d'un amas de photocopies ! « Injection de narcan », révèleront les transmissions écrites des équipes de soins. Le fameux antidote de la morphine. Elle l'aura sa confirmation de coma ! Mais il lui faudra attendre. Pour le moment, personne ne lui dit rien.

Non, elle n'est pas folle. Sa tête est quand même bien là.

Pour l'heure, on lui injecte des anticoagulants et on lui enfile des bas de contention.

— Enlevez-moi ça tout de suite ! s'écrie-t-elle.

— C'est prescrit, madame.

— Je m'en fous ! Je vous dis de m'enlever ça. J'ai mal. La jambe gauche n'en a pas besoin ! Elle n'a pas de phlébite.

Pétronille hurle de douleur sous la pression du textile. Décidément rebelle elle ordonne qu'on le lui retire. Elle ne peut supporter quoi que ce soit sur ce membre devenu de bois, comme étranger. Elle finit par avoir gain de cause.

Elle se calme quand arrive le kiné pour la faire marcher. Elle l'écoute avec attention lui expliquer dans le détail les mouvements à éviter et comment positionner ses pieds. Elle apprécie son professionnalisme mais échafaude malgré tout un plan pour quitter cette clinique. « Sortir d'ici au plus vite pour ne pas mourir ! ». Une idée fixe, vitale, impérieuse.

Elle s'applique à marcher pour donner le change. Elle cache sa douleur tout en essayant de contrôler les expressions de son visage pour ne pas se trahir…

C'est très difficile. Son pied et sa jambe traînent. Elle a terriblement mal.

Le lendemain matin le neurochirurgien qui l'a opérée, le docteur Puits, passe enfin la voir comme un visiteur du dimanche.

Pétronille décide de ne pas lui parler, de ne pas être agréable. Elle commence à régler ses comptes. Il quitte la chambre sans comprendre.

« … Non mais ! »

Pétronille entreprend d'aller se doucher seule.

Elle brave l'interdiction, consciente des risques. Elle applique toutes les sécurités possibles pour ne pas tomber. La machination est en route.

Elle traverse la chambre en s'aidant du montauban, la chaise percée montée sur roulettes. Son genou gauche plié s'appuie sur l'assise, tandis que sa jambe droite pousse l'engin. Cette aide à la marche, remplaçant sa jambe gauche qui n'obéit plus aux ordres de son cerveau, amuse beaucoup sa voisine.

— Qu'est-ce que tu penses de cette nouvelle technique ? Tu veux essayer ?

— Pffft, fait l'autre en manquant de s'étouffer avec sa biscotte. Les roues sont graissées au moins ?

— Regarde, impec. Et, entre nous, c'est économique : pas besoin d'essence !

— Si je fais du stop, tu me prends, dis ? Autant qu'on reste toutes les deux à se marrer !

Elles se comprennent et rient de leurs malheurs. Ça leur fait du bien. Sa voisine a les mêmes symptômes : elle ne sent plus sa jambe qui continue pourtant à la faire souffrir. Assistante maternelle, elle a attendu la fin de sa journée de travail, à genoux au milieu des enfants, pour ne pas déranger les parents. Quand ils sont venus récupérer leur progéniture, elle les a informés qu'elle devait se rendre aux urgences et ne pourrait assurer la garde du lendemain.

« Et nous alors, qu'est-ce qu'on va faire ? », ont-ils répondu, sans aucune compassion ni aucun remerciement de les avoir attendus jusqu'au soir !

Elle culpabilise… Le monde est dingue !

Contrairement à Pétronille, elle n'a pas été opérée. On teste sur elle un médicament qui la soulagera peut-être. Elle rentrera donc bientôt…

Dans la douche, debout sur sa jambe droite, Pétronille pose le gel et le shampooing sur le montauban. En cas de déséquilibre, il amortira sa chute. Elle a pensé à tout. Sa tête la guide et ordonne des gestes qui lui sont bien connus. Douche et shampooing terminés, elle s'affale sur la chaise percée.

« Ouf ! Allez, roule jusqu'au lavabo, et fais-toi belle », se dit Pétronille.

— Miroir, oh, mon beau miroir, dis-moi qui est la plus belle ?

— C'est moi, lui répond sa voisine, de l'autre côté du mur.

Pétronille enfile une robe, car sa jambe ne supporte pas le pantalon, pas plus que la contention. Elle quitte enfin la blouse en coton des opérés et redevient Pétronille.

Elle se coiffe, se maquille. Elle connaît l'importance qu'il faut donner à son image, même si personne ne fait attention à elle dans cette clinique.

— Oh mince alors ! s'exclame sa camarade de chambre. Ta robe est mouillée dans le bas du dos !

— T'inquiète pas, c'est mon pansement. Il n'a toujours pas été refait. Toujours le même depuis dix jours, tu te rends compte !

— Au fait, tu l'as eue, ton eau d'Hépar, depuis le temps que tu la réclames ?

— Penses-tu ! Économies budgétaires, sans doute. On m'a répondu qu'on ne peut en avoir que sur prescription médicale, et tiens-toi bien : un verre par jour ! Mon transit intestinal peut attendre.

— Tu as encore mal au ventre ?

— Je me masse. J'ai demandé à mon mari de me rapporter un pack de six bouteilles quand il ira faire les courses à l'hypermarché du coin.

Et maintenant, la scène de théâtre va pouvoir commencer.

Entre le kiné, monsieur Cizopapillé.

— Vous sortez ? Le docteur Puits ne m'a rien dit !

« Normal », pense Pétronille particulièrement démoniaque, ce matin.

— Vous en pensez quoi ?

Elle lui sourit et il appelle le chirurgien.

— Allô, Pierre, c'est Cizopapillé. Pétronille sort aujourd'hui ?

À l'autre bout du fil le chirurgien Pierre Puits semble décontenancé.

— L'anesthésiste de garde a donné son accord, Pétronille ? demande le Kiné, toujours au téléphone.

— Pas vu !

Pétronille fait des phrases très brèves, pour ne pas se trahir.

— Bon..., on va tester la marche, dit-il au chirurgien.

Pétronille prend sur elle. Ce n'est pas le moment de se plaindre. En règle générale elle surpasse tout le temps ses limites et devrait donc y arriver. Son esprit est très lucide, comme s'il était aux aguets. Cette fois, c'est la sortie ou la mort. Le choix est vite fait. Son instinct la guide, la pousse. Le kiné apprécie les efforts et accepte la fatigue.

— Allô, Pierre, c'est encore Cizopapillé. Écoutez, c'est très très juste. Le périmètre de marche est extrêmement restreint, même si la volonté est là. La jambe traîne quand même beaucoup.

Puis, se tournant vers Pétronille :

— Bon, le docteur Puits est d'accord, mais il

veut vous revoir dans une semaine. Dites à votre mari de récupérer les ordonnances de sortie au secrétariat, ainsi que votre date de consultation.

— Mon mari travaille à côté. Il viendra me chercher ce soir, à la sortie du bureau.

— Vous avez bien compris les consignes ? insiste le kiné. Surtout, ne reprenez pas le travail trop vite…

Mais il n'est pas serein. Il a aussi exercé en libéral pendant quelque temps et connaît les pénibilités physiques et financières du métier.

— Oui, oui, j'ai compris ! fait Pétronille.

Le kiné quitte la chambre, inquiet.

Elle sort sans décharge mais va devoir maintenant convaincre mon mari. Elle lui envoie un SMS : « Je sors ce soir. Viens me chercher après ton boulot. Pas grave s'il est tard. » Puis elle ajoute le Smiley le plus souriant possible.

Roméo l'appelle et lui fait part de son inquiétude. Il n'est pas d'accord du tout. Pétronille le rassure, trouve les bons mots.

— Il me revoit dans une semaine, t'inquiète pas !

Pas dupe, Roméo finit par lâcher au vu des arguments insistants de sa femme mais la prévient qu'elle sera sous haute surveillance.

Enfin chez elle, elle respire…

Elle aimerait reprendre le plus vite possible le travail car sa remplaçante ne va pas tenir long-temps à ce rythme et le contact avec les patients lui manque déjà. Mais que faire ? Elle doit appliquer les conseils du kiné, apprendre à devenir raison-nable et écouter son corps qui a besoin de récu-pérer ses facultés.

Le temps passe.

Forcément, tout ira bien puisqu'elle suit les consignes à la lettre !

Le temps passe, encore.

Elle persuade son kiné qu'elle pourrait venir en voiture à son cabinet. Ce n'est qu'à deux kilo-mètres, c'est facile et il va bien falloir qu'elle se remette en selle. Ce court trajet lui permettrait de tester aussi ses capacités de récupération. Il accepte et Pétronille est ravie de cette autonomie retrouvée bien que les douleurs s'accentuent quand elle est au volant. Elle respecte pourtant chaque phase du traitement mais le moindre mouvement reste compliqué et il lui est toujours très difficile de marcher. La nuit, les douleurs s'intensifient comme si un courant électrique lui traversait la jambe ou que ses chairs, depuis le bas du dos jusqu'au bout du pied, étaient transpercées par des lames. « Ça finira bien par passer», pense-t-elle.

Son naturel enthousiaste revient au galop mais son corps la freine et elle enchaîne les arrêts maladie. Elle doit se rendre à l'évidence : elle ne peut pas reprendre le travail.

Que se passe-t-il ? Elle ne se reconnaît plus. Tout s'emmêle dans sa tête. Elle dit un truc et son contraire. Elle ne parvient pas à expliquer les choses les plus simples. Elle ne va pas bien. Elle a l'impression de devenir folle.

Épuisée moralement elle se livre à son médecin traitant et lui réclame un deuxième avis neurochirurgical. Stupéfait, le docteur Pencrec'h qui la connaît depuis longtemps accède à sa demande. Il sait qu'elle n'est pas du genre à se plaindre.

Les semaines passent jusqu'à ce rendez-vous tant désiré. Le professeur Faucon, neurochirurgien de son état, consulte avec attention ses IRM et les différents comptes-rendus. Il lui pose beaucoup de questions, des questions précises. Il semble attendre des réponses brèves, allant à l'essentiel. Pétronille s'enlise, s'égare, se répète : « Ça ne va plus du tout. »

— Je ne suis pas sourd, madame. Je vous ai entendue, dit-il du haut de sa prestance. Tout ça est normal, enfin, chirurgicalement parlant. Vous n'avez pas besoin d'une autre opération...

— …

— Non, vous n'êtes pas folle. Vous avez des douleurs neurologiques.

— …

— J'aurais aimé vous soulager en vous opérant mais votre première intervention a été efficace. Il va falloir trouver comment vous soulager autrement.

— …

— Le chemin va être long, et moins rapide que si j'avais pu vous opérer pour vous soulager.

— …

— Il va falloir vous faire aider. Vous n'y arriverez pas toute seule, au début.

Il parle peu, mais va droit au but. Il écoute. Il regarde finement, attentivement, l'ausculte, prend les choses en main. Il écrit différents courriers pour un suivi neurologique et une admission en rééducation mais il y a de l'attente. On lui enverra une lettre quand une place se libérera. Il s'excuse, il doit partir. Il est attendu au bloc. Il prend quand même le temps de l'accompagner au secrétariat.

Le soir, Pétronille répète, comme pour elle-même : « Merci. Merci de m'avoir écoutée. Merci de m'avoir entendue. Merci de m'avoir dit que je n'étais pas folle. Merci de votre aide. Merci de votre considération. Et surtout merci d'avoir demandé une place en rééducation dans un centre aussi réputé que Notre-Dame de Lourdes. Merci pour tout. »

Encore une prolongation d'arrêt maladie, à son grand désarroi. Son cabinet infirmier tourne quand même bien. L'équipe est très compétente. Les patients y mettent du leur. Le week-end, Pétronille continue de gérer tout l'administratif et c'est compliqué.

Quand elle travaillait, elle s'en occupait tous les jours après sa tournée. Depuis qu'elle a pris des remplaçants, elle est la seule habilitée à coter les actes et à les facturer malgré son congé maladie. En fin de semaine, le vendredi soir, elle décharge donc le contenu du lecteur de carte vitale sur son ordinateur, récupère les cahiers sur lesquels ses remplaçantes ont noté leurs soins, scanne les ordonnances, crée les factures, paye les infir-mières... Et comme elle doit avoir rendu le lecteur de cartes et les cahiers pour le lendemain, elle est sous pression et il lui arrive de se tromper. Trop de papiers. Le peu de médicaments qu'elle prend lui fait tourner la tête. Elle n'a pas l'esprit clair et confie à son médecin :

— Docteur, je suis fatiguée. Je n'arrive pas à dormir. La nuit est terrible. Les douleurs s'intensifient. Rien ne me calme.

Pétronille devient une autre... Son moi est perdu. Fini la gaieté, la légèreté. Elle ne peut rien prévoir et cet imprévisible lui pèse plus que tout. Pourtant elle s'inscrit à chaque renouvellement sur le planning de son cabinet. Malheureusement elle ne peut ni conduire, ni marcher, ni s'adapter aux différentes positions qu'exige sa profession, ni se concentrer sur les soins et encore moins apporter une écoute adaptée à ses patients. Alors elle raye son nom encore et encore, consciente et gênée de perturber, avec ces faux espoirs de reprise, le fonctionnement du cabinet.

Le temps passe. L'été arrive. Six mois se sont écoulés depuis son opération.

Les filles du cabinet lui apportent leur énergie, leur gentillesse, leur dévouement. Elles lui donnent des nouvelles des patients qui s'inquiètent. Que doivent-elles dire pour les rassurer ? Elles compatissent et essaient d'aider Pétronille au mieux de leurs possibilités. Elles lui redonnent le sourire, lui apportent de l'oxygène. Sa famille, ses amis... tout le monde s'y met. Que de générosité !

Puis la lettre tant attendue arrive enfin ! Elle est convoquée au centre de rééducation Notre-Dame de Lourdes le 1er septembre.

Le chauffeur du véhicule sanitaire léger (le VSL, comme on l'appelle dans le milieu médical), l'accompagne jusqu'au secrétariat. Une dame charmante au sourire extralarge l'accueille et lui indique le bureau du docteur. Un grand monsieur se présente :

— Bonjour, je suis le docteur Papillon. J'ai reçu la lettre du docteur Faucon. On va faire le point ensemble et voir où vous en êtes aujourd'hui.

Lui aussi sourit. Ça la change de la clinique où elle a été opérée. Mais oui, c'est bien à elle qu'il s'adresse ! Il la considère avec attention et l'écoute. Pétronille essaie de résumer, le plus clairement qu'elle le peut : l'intervention chirurgicale en urgence, les prescriptions postopératoires, les piqûres antiphlébite, les comprimés antidouleur, les effets secondaires du traitement, la kinésithérapie inefficace, ses multiples tentatives pour remarcher, cette illusion qu'elle entretient de retrouver ses aptitudes antérieures, son refus d'accepter sa dégradation tant physique que psychique…

— Voilà mon parcours. Voilà où j'en suis…

Pétronille parle avec beaucoup de pudeur, mais de franchise. Elle n'ose pas évoquer les errements du chirurgien qui l'a opérée.

Le docteur Papillon ne semble nullement désemparé.

— Je pense qu'il faut agir vite, dit-il en attrapant son téléphone.

— Allô, Gwendoline, j'aurais besoin d'une place en hospitalisation complète lundi prochain, c'est possible ? Tu t'arranges pour me trouver un lit ?

Pétronille va être prise en charge. Enfin ! Après neuf longs mois, neufs mois interminables. Elle comprend qu'elle ne peut plus s'en sortir seule ni se fier à son instinct.

Le soir même Pétronille annonce la nouvelle à son mari :

— Ça y est, on va m'aider. J'entre en rééducation la semaine prochaine.

S'ensuit une hospitalisation complète d'une semaine, nécessaire pour établir des bilans.

Pétronille ne se doute pas alors qu'elle restera quatorze mois en hospitalisation de jour. Une chance qu'on ne l'en ait pas informée. Elle a pu ainsi avancer au jour le jour, sans se projeter. Une pause spatio-temporelle pour cette passionnée de l'action. C'est la première fois qu'elle accepte de se laisser guider.

Mais ne pas savoir où elle va accentue son mal-être. Elle se sent perdue, comme tombée dans les abysses, aveuglément perdue, désespérément perdue.

— Je suis épuisée de me battre et de ne rien comprendre. Pourtant ce médecin a fait preuve d'empathie et semble savoir où il va.

Roméo écoute et encourage :

— Mais oui, tu vas y arriver, ma chérie !

Les cabossés

Premier jour de rééducation ! Pétronille découvre son planning d'activités que la gentille secrétaire d'accueil vient de lui remettre pour la semaine. Elle lui donne des informations pratiques, et lui fait visiter la structure pour faciliter son hospitalisation de jour. Cette personnalisation met Pétronille en confiance. Tous les soignants rencontrés au hasard des couloirs lui disent bonjour. Incroyable ! Ils illuminent cet établissement, ancien et rénové. Leurs tenues colorées correspondent au poste qu'ils occupent : infirmiers, kinés, éducateurs sportifs, service d'entretien, psychomotriciens... Des écriteaux sur les portes nomment les salles de soins aux jolis noms d'îles qui font voyager : Ouessant, Belle île, Bréhat... « Nous sommes tous là pour t'aider », semblent dire les regards qu'elle croise.

Barres parallèles de marche immergées, piscine de rééducation, gymnastique adaptée, kinésithérapie, matelas équipé d'hydrojets, pose d'électrodes, rééducation périnéale, hypnothérapie, marche… rythment ses journées.

Pétronille fait quelques tentatives aux séances individuelles de psychothérapie, mais connaissant quelques-unes des ficelles du métier elle y renonce assez vite. Cependant, elle commence à remettre en question son mode de fonctionnement. Serait-ce les prémices d'un changement pour devenir une autre ? Non, ce travail mental est trop violent. Pétronille n'est pas prête. Ses mécanismes de défense inconscients la guident toujours. Elle a du mal à lâcher prise.

Pétronille écoute les professionnels de la rééducation. Elle observe. Elle parle peu, se renferme peu à peu sur elle-même, crée son monde. Ça bouillonne dans sa tête. Elle pense tout le temps, ne s'arrête jamais de penser. C'est pire la nuit car elle cherche le sommeil. Les phrases qu'elle prononce — si rares soient-elles — ne sont pas comprises. Elle ne trouve pas les bons mots. Elle n'arrive plus à s'exprimer. Son cerveau est en désordre. Elle a peur de devenir folle.

Le VSL l'emmène au centre chaque matin. Les chauffeurs changent tout le temps. Ils sont gentils, prévenants, agréables, responsables. Ils l'accompagnent dans ses dures journées, lui proposent de mettre de la musique, la considèrent comme une personne, font de même avec chacun de leurs passagers. Pétronille passe de bons moments avec eux. Ils l'ancrent à la réalité.

En rééducation, elle se laisse guider, peu à peu. Elle a pris conscience des compétences du docteur Papillon qui est partout à la fois, tel l'insecte éponyme, mais avec un sens aigu de l'analyse et beaucoup d'expérience. Il s'adapte. Chaque personne est différente. Ses vastes connaissances lui permettent de cheminer avec sa patiente, discrètement : « Step by step, car je ne fais pas de miracle », répète-t-il toujours.

Il donne ses consignes aux petites abeilles butineuses qui s'agitent autour de Pétronille. Le melting pot fonctionne : papillon, abeilles et la taupe qu'elle est devenue, car elle ne voit pas ce qu'il se passe. Normal, une taupe vit sous terre et la folie qui semble l'atteindre est encore invisible.

Les jours et les mois passent. Chaque fois de nouvelles têtes font leur apparition, calées dans un fauteuil roulant ou penchées au-dessus d'un déambulateur. Les patients qui s'en vont sont aussitôt remplacés par d'autres qui attendent depuis longtemps, plongés dans leur malheur, eux aussi. Pétronille est loin d'être la seule dans son cas. Nombreux sont les petits soldats qui tombent, accablés par le rythme effréné de la vie. Chacun a sa part. Beaucoup d'entre eux ont une vie qui bascule, ou qui va basculer. Pourtant, ils ont mis tout leur cœur à garder leur emploi... «Au détriment de quoi ?, se demande Pétronille. C'est absurde !»

— On ne peut pas comparer les patients, dit-elle à Cyclopine, une nouvelle venue. Si on est là c'est qu'on a tous besoin d'aide. À chacun son traumatisme. Des accidents de la route, des maladies dégénératives, des problèmes cardio-vasculaires, et toutes les conséquences qu'ils entraînent sur une vie.

Pétronille a bien observé et essaie d'aider tant qu'elle peut les quelques âmes perdues.

Pour autant, les abeilles butineuses s'affairent de manière individuelle et personnalisée, selon les prescriptions des différents docteurs papillons. Une nuée infatigable, bienveillante, d'apparence inépuisable, qui ne laissera pas la maladie s'en tirer comme ça.

— Tu vas voir, lui confie-t-on, c'est un sacré endroit, ici !

Le patient est roi, pas la maladie qui est

combattue par d'innombrables machines, toutes aussi performantes les unes que les autres. La structure est bien pensée, bien construite. Chacun a son rôle mais tous sont unis dans la réalisation d'un même objectif.

Rien qu'un sourire ou un bonjour a son importance pour se sentir une personne quand on ne sait plus qui on est parce que son corps est trop abimé, quand on ne sait plus où l'on va.

— Tu n'as pas l'impression de faire partie des murs, Pâquerette… depuis le temps qu'on est là ? constate Pétronille.

Plus d'un an a passé.

— Peut-être allons-nous apercevoir des visages, ou des mains, incrustés dans les murs…

— Le personnel risque de se lasser de nous, d'en avoir marre de nos plaintes.

La folie, une nouvelle fois ? Non, le rire qui revient. Les yeux qui se remettent à regarder. Pas facile de voir ses propres séquelles, ses propres difficultés, sa propre déchéance. Mais voir n'est pas accepter.

Le temps passe.

Pétronille ne veut pas faire partie des murs, comme tous ceux qui ne s'améliorent pas. Ses progrès sont minimes. Toutes ses tentatives sont des échecs : la marche, le vélo qui pédale tout seul… Elle ne peut que constater sa défaite et c'est violent.

À la maison, elle fait son possible pour ne pas montrer ce qu'elle ressent. À son fidèle et attentionné Roméo, à ses enfants devenus adultes mais encore scolarisés et dépendants du couple financièrement.

Quand elle est seule, elle se met en danger, s'obstine, refait les exercices qu'elle a ratés. Elle a l'impression que son chemin est sans issue, telle une route barrée. Elle ne parviendra donc jamais à se sortir de ses douleurs, de ses difficultés ! Elle se dégoûte d'être tombée si bas. Elle tait cette violence et tente même de nier cette souffrance intérieure. C'est peut-être pour cela qu'elle parle peu. Encore cette dictature de la tête.

« Je fatigue vite, et finalement, je ne peux pas faire grand-chose. Rien. Je suis devenue rien », se dit-elle. Les bilans et les examens complémentaires confirment ses séquelles. Ces résultats négatifs sont pour elle un coup dur.

Elle teste son corps et le maltraite, lui qui lui fait si mal.

En séance de gym, sa jambe exécute des mouvements incontrôlés :

— Ce n'est pas ce que je lui demande de faire !

Pétronille se remet en échec !

Quelle violence sourde ! Mais au fond, elle a besoin de cette confrontation.

Pendant cette longue période de recherche d'une nouvelle identité, usée et profondément déçue, Pétronille décide de se séparer de son cabinet. Pour être plus libre, plus légère…

Elle trouve une repreneuse, différente d'elle mais pleine d'empathie. Elle lui laisse la barre, sûre que ses patients seront bien soignés.

C'est la fin de quelque chose qu'elle a créé avec toutes ses convictions et ses valeurs. Ce cabinet infirmier était comme son bébé. Un bébé dont elle s'est occupé pendant dix-sept ans !

Elle va ainsi pouvoir alléger son cerveau : plus de papiers, juste de la rééducation.

Presque deux ans se sont écoulés depuis l'opération…

Le 10 octobre 2019 le docteur Papillon la reçoit comme il a l'habitude de le faire tous les quinze jours.

— Docteur Papillon, j'essaie, mais je n'y arrive pas ! Pourtant, j'essaie !

Le docteur écoute le peu de mots qu'elle prononce. Toujours les mêmes mots, d'ailleurs. Il l'observe attentivement. Pétronille est volontaire. Elle lutte pour débrancher sa cervelle. Maladroitement, mais elle lutte. Elle tente de lâcher prise mais craint d'échouer sur des rivages qui lui seraient fatals car inconnus. Et comme cet inconnu l'effraie, elle exécute, tel un robot, les exercices qu'on lui donne. Docile. Le médecin constate qu'il n'y a plus d'étincelles dans ses yeux bleus.

Il a raison. Ses cheveux blonds sont devenus ternes. Elle perd progressivement son éclat, et peut-être son âme. Elle se met systématiquement en échec. L'indigestion de ses maux s'aggrave. Elle est intelligente, comment l'aider ?

Elle commence tout juste à regarder les choses en face et sa nouvelle image ne lui plaît pas. Étant infirmière, elle a compris qu'elle garderait des séquelles. Voilà ce que pense le docteur Papillon. Il décide alors de lui rendre le gouvernail pour ranimer son énergie, sa flamme de vie et de folie déjantée. Il continuera à la soutenir mais de manière différente, en interrompant cette pause spatio-temporelle. L'oiseau blessé qui avait accepté de se mettre en cage l'espace d'une rééducation doit reprendre son envol. Mais il est si difficile de l'apprivoiser qu'il va falloir trouver le moyen de lui redonner confiance. Pétronille doit se réinventer, renaître.

D'un ton grave, il dit naturellement mais fermement :

— Arrêtons la médicalisation.

Le moment tant redouté est arrivé : la sortie. Que va-t-elle devenir ? Plus de boulot, aucune perspective d'avenir, des séquelles…

Elle essaie de comprendre le raisonnement du docteur Papillon Elle ne le regarde pas car elle a trop peur qu'il comprenne son angoisse, sa détresse, mais elle lui fait confiance, elle l'a toujours écouté. Ne lui a-t-il pas prouvé son opiniâtreté à l'aider depuis leur première rencontre ? « Il doit avoir raison, encore une fois », pense-t-elle.

— On se revoit dans trois semaines, lui dit-il avec son grand sourire franc. Si d'ici-là vous avez un souci, voici mon mail.

Il ne la laisse pas seule. Il lui donne la possibilité de le contacter. Il ne l'abandonne pas.

Comme d'habitude, il dicte une lettre pour son médecin traitant.

— On verra comment on reprend la rééducation, ajoute-t-il en l'accompagnant au secrétariat.

Pétronille termine sa semaine au centre. Elle

a besoin de ces quelques jours pour dire au revoir à Pâquerette qu'elle a connue ici. Elle aussi a sa dose de séquelles. Elles s'entendent bien toutes les deux. Un simple regard les rapproche.

— On va être séparées, lui dit-elle. Je pars à la fin de la semaine.

Leur éloignement futur la rend triste. Elles se connaissent depuis le début de leur hospitalisation. Elles s'appuient l'une sur l'autre, se soutiennent, se comprennent dans leurs luttes et sensations corporelles des plus bizarres. Cabossées toutes les deux. Elles en rient.

Pétronille aime pousser le fauteuil de Pâquerette. Elle l'aide tout en s'aidant car il lui est plus facile de marcher en prenant appui sur la Rolls Royce de sa complice.

Comme Pétronille, Pâquerette a du mal à envisager cette séparation. Comme Pétronille, Pâquerette ne se projette pas. Elle a même peur de faire partie des murs. De rester à Notre-Dame de Lourdes pour toujours.

L'après-midi est morose, sans âme. Le lendemain leur apporte une meilleure énergie. Cette interruption sera favorable à Pétronille. Elle pourra se reposer. Elle en a besoin. De son côté, Pâquerette doit poursuivre la rééducation pour aller mieux. Mais elles garderont le contact. Elles se le promettent.

— Oui, on va se revoir.

Pétronille est prise d'une envie folle d'écrire, de tout noter pour ne pas oublier. Des pages entières. Elle couche ses idées sur le papier. Dans le désordre. Comme elles viennent. Elle les attrape au vol.

Puis elle rédige une lettre pour toute l'équipe, pour les petites abeilles. Les mots glissent de son stylo. Le docteur Papillon devient le chef d'orchestre d'une symphonie harmonieuse et le personnel soignant, les instrumentistes sans lesquels la musique n'existerait pas.

Pétronille demande à son mari ce qu'il pense de sa lettre. Il ne lui fait aucun commentaire mais comme elle insiste :

— Tu as une drôle de syntaxe, dit-il.

Elle la relit, une dernière fois :

« *Chers tous… merci pour vos sourires, pour votre aide, pour votre générosité qui dépassent largement le cadre de votre métier ! Votre boost m'a bousculée, m'a dérangée aussi. L'heure de l'introspection a sonné. Mes idées s'emmêlent, se précipitent. J'ai trouvé quelques clefs pour sortir de ce labyrinthe démoniaque. J'ai besoin de me découvrir et de me diriger seule, de mener ma barque pour ouvrir un peu plus les yeux. Merci... »*

Pétronille corrige, rature les prénoms, reformule...

Le lendemain, elle confie sa lettre à une éducatrice sportive qui sera son ambassadrice.

— Maya, j'ai une mission pour vous, si vous l'acceptez... Je vous remets cette lettre qui est pour toute l'équipe. J'ai noté les prénoms de tous ceux qui m'ont aidée, du médecin à l'agent d'entretien, et le vôtre y figure, bien entendu. Pouvez-vous la transmettre ? J'aimerais que vous ne l'ouvriez que lorsque j'aurai quitté le centre.

Pétronille ne veut pas assumer de commentaires, ni avoir le regret d'avoir partagé ses émotions.

— Pas de souci, Pétronille. Je remplirai mon rôle, dit l'abeille. Merci et peut-être à bientôt.

Et Charlie ! Une autre camarade qu'elle doit voir absolument avant de partir. Elles se sont donné rendez-vous à la cafétéria le matin, comme deux collégiennes. Charlie a souffert. Charlie a écrit un livre que Pétronille a adoré. Il a été pour elle une révélation. Ses mots sont si simples. Ses phrases si fluides.

— Moi qui n'avais pas lu depuis des années j'ai avalé ton roman. Il ne me reste plus qu'à trouver ma route. Tu as semé des cailloux sur mon chemin, comme le Petit Poucet.

Charlie a les yeux brillants, étincelants. Elle est fière d'aider Pétronille, et surprise à la fois… Elles se comprennent bien, toutes les deux ou plutôt toutes les trois car Pâquerette est toujours de la partie, ne manquant jamais une occasion de plaisanter pour ne pas sombrer :

— Dis, pourquoi tu fauches quand tu marches ? dit-elle à Pétronille dont la jambe effectue un arc de cercle traduisant hélas son problème neurologique.

Puis elle ajoute en riant :

— Tu sais bien qu'elle est finie la fauche des blés !

Le membre fantôme

— Allô, Pétronille, c'est Hirondelle. Mes travaux sont enfin terminés. Ça te dit que je vienne te chercher et qu'on inaugure ensemble ma nouvelle piscine ?

— Oh, super ! Je prépare mes affaires !

Hirondelle habite maintenant à cinq minutes de chez elle. Elles se connaissent depuis vingt ans. C'est Hirondelle qui a formé Pétronille à la chimiothérapie. Elle travaille toujours à l'hôpital, dans le service de nuit.

Pétronille est debout, en maillot de bain, au bord de la piscine flambant neuf.

— Ça va ? Le carrelage n'est pas trop chaud ?

— Tu sais, je ne sens rien, répond Pétronille.

Touchant le sol de ses mains, elle constate qu'il est brûlant. Elle entre dans l'eau tandis qu'Hirondelle dépose les verres d'orangeade sur la petite table de jardin.

Pétronille a besoin de sortir de son silence,

ce silence qui traduit sa souffrance. Elle parle de sa douleur, une douleur qui ne se voit pas mais qui est bien là, à l'affût de tout. Elle envahit son corps, le pénètre, l'obscurcit, fait d'elle une personne étrangère à elle-même, l'enveloppe de ses froideurs, de ses brûlures. Invisible, insaisissable. Elle ne peut se définir. Comment l'évaluer sur une échelle de 0 à 10 ? C'est irrationnel mais les professionnels de santé ne veulent pas comprendre. Ils continuent d'interroger. Il leur faut une référence à inscrire dans la case. Chacun à son tour pose cette satanée question : « Sur une échelle de zéro à dix où situez-vous votre douleur ? »

— Tu fais comment, toi, Hirondelle, pour demander à tes patients ? Tu te sers de l'échelle de la douleur ?

— Oui, acquiesce Hirondelle qui pousse son amie à se confier.

Pétronille a cru devenir folle quand les douleurs sont apparues. Aujourd'hui, elle sait que cette souffrance inexplicable est ressentie par les nombreuses personnes qu'elle a croisées en rééducation. Pour autant, elles ne sont pas dingues. Elles frôlent l'aliénation mentale car elles ne comprennent plus leur corps mais elles ne sont pas dingues.

Pour Pétronille, il est difficile d'en parler. Il lui faut lutter pour ne pas sombrer. Avant, elle avait beaucoup de mal à trouver les mots pour décrire cette douleur. Aujourd'hui, elle le peut, sans doute grâce au livre de Charlie. Sa jambe est souvent froide, glacée à l'intérieur, mais elle la brûle aussi… Des sensations qu'elle n'a jamais connues auparavant, qui la déstabilisent, la fragilisent, l'affaiblissent.

Cette jambe est désormais en trop. Elle voudrait qu'on la lui coupe, tellement elle est devenue gênante dans ses mouvements.

Elle sait pourtant que les sensations nerveuses existent toujours après une amputation, et que jamais, on ne la lui coupera. C'est plus fort qu'elle. Cette jambe la torture. Pétronille aimerait qu'elle ne soit qu'un appendice, une queue de cerise qu'elle retirerait d'un coup sec.

Elle se surprend, la nuit, à tenter d'arracher ses ongles d'orteils tellement elle a mal.

— Oui, dit Hirondelle. C'est le membre fantôme.

— Je me fais peur, et dans mes agissements et dans mes propos. J'ai coupé mes ongles de pied à ras, au plus court, pour m'empêcher de les arracher.

Visuellement, sa jambe est rattachée à son

corps mais dans sa tête elle n'a pas de jambe ! Elle n'a pas de fesse non plus.

En séance d'hydrojet, son corps, allongé sur ce tapis d'eau, est massé entièrement. Ce soin qui apporte généralement de la décontraction est pour elle angoissant. Les yeux fermés dans cette pièce noire elle sent bien les massages, depuis les cheveux jusqu'aux pieds, mais l'appareil ne semble pas fonctionner à gauche et elle relève la tête pour vérifier. Cependant tout est normal.

Sa jambe atteinte est en roue libre, telle une marionnette, un pantin qui exécute à sa guise des mouvements incontrôlés. Quand elle essaie de marcher, ses orteils s'agrippent au sol, son pied se met sur la tranche et son genou lâche en se tordant sur le côté.

— Tu vas finir par avoir des complications, Pétronille, avec tes mauvaises positions, fais gaffe ! la prévient Hirondelle.

— Je suis d'accord avec toi. Bizarrement, à mon grand étonnement, je n'ai pas de foulure, pas d'entorse, pas de fracture, pour l'instant du moins.

Pourtant, elle a toujours plus mal alors qu'elle ne fait pas la différence entre le chaud et le froid, le toucher et le piquer.

— Tu vois, le carrelage chaud est un exemple.

Quand elle marche elle regarde ses pieds et met tout le poids de son corps en avant pour contrôler des yeux son mouvement. Les kinés, les éducateurs sportifs lui expliquent qu'en se déplaçant ainsi elle compromet son équilibre déjà précaire.

Elle les entend. Elle essaie. Vraiment. Elle se concentre. Elle veut leur faire plaisir.

Non, impossible. Elle recommence ! Elle est obligée de regarder. Elle ne peut pas faire autrement. Le marionnettiste qui actionne les ficelles de son corps morcelé dépasse sa force cérébrale. Elle est incapable de lutter. « Fermez vos yeux, alors. On va y arriver, détendez-vous ! », disent-ils. Elle s'exécute. Et là, un vertige indéfinissable la saisit, la transperce. Son genou lâche. Son pied gauche se soulève. Sa cheville se vrille. Elle ne tient plus que sur la jambe droite. Cette sciatique permanente qui part du dos, fragmente sa fesse droite, descend dans son mollet.

— Un peu plus et je tombais. Impossible de fermer les yeux, debout, sans me tenir.

Ses yeux se sont fermés et rouverts à une vitesse folle pour éviter la chute. Son dos ne l'autorisait plus à avancer. Lui aussi la fait terriblement souffrir. Elle était bloquée. Elle ne pouvait plus marcher, malgré les ordres violents qu'elle donnait à son cerveau.

— Cette douleur me hante. Ce mal me ronge sans cesse. Ça continue. Jamais de pause.

— Tu as passé des examens complémentaires ?

— Oui, mais ça m'énerve, tu sais ! J'ai l'impression d'être complètement cinglée !

La nuit, elle cherche un rêve idéal. Elle veut dormir. Ne plus penser. Faire une pause mais son corps ne fait pas de pause. Ces décharges électriques, ces coups de poignard, ces sensations de fils de fer barbelés qui raclent ses chairs l'envahissent, se multiplient.

— J'ai encore plus mal la nuit et le ventre s'y met. Me tourner dans le lit, même un tout petit peu, me demande un effort considérable.

Cet effort lui déclenche de violentes nausées tant son dos exprime son mécontentement.

— C'est vrai qu'en rééducation, je prends des antivomitifs pour tenir. Mon dos me montre son rattachement interne avec mon ventre. Ça résonne dans mes hanches. Ça résonne dans mes plis inguinaux… Ça me déchire de l'intérieur ! Ça se déchire, là-dedans ! J'ai maaaaaaaaal.

Retrouver sa position d'antan sur le côté gauche dans le lit n'est plus possible : sa jambe ne supporte pas que l'autre la touche ou même la frôle. Pantalon, collant… En balnéo, l'eau serre sa jambe, celle qu'elle ne sent pas.

— Dingue, dingue, dingue. Je suis gravement atteinte. Je dois donner le change, car personne ne me le dit. Ou alors, ils sont vraiment gentils.

Récemment elle est parvenue à tolérer une chaussure sur son pied fantôme et elle a pu, en y mettant beaucoup de force mentale, rester en balnéothérapie.

— Tu vois, Hirondelle, là je suis dans l'eau. Et franchement, vu la chaleur, ça fait du bien ! Bon, parlons d'autre chose, tu ne crois pas ?

— Attends, Pétronille, j'ai une question : tu as réussi à dire tout ce que tu me dis là, en rééducation ?

— Non. Je n'y arrive pas ! C'est trop long à expliquer. Les professionnels ne prendront pas le temps ou m'enverront en psychiatrie.

Ça se mélange dans sa tête. Elle doit écouter son corps pour expliquer, mais ne pas l'écouter pour avancer, ne pas l'écouter pour ne pas majorer la douleur, pour vivre, survivre.

Il lui faut faire des mouvements pour reprogrammer le corps et la tête mais ne pas faire de mouvements pour ne pas accentuer la douleur !

Cette situation est tellement contradictoire. Comment s'en sortir ? Que faire ?

Comment ne pas s'y perdre ? Sans s'en rendre compte, Pétronille est passée en pilotage automatique. Elle fait confiance à ce médecin, commandant de bord qui coordonne ses examens. Beaucoup de tests, de rendez-vous, d'essais thérapeutiques… Épuisants. À en perdre une nouvelle fois la tête. Mais le but est d'apaiser son corps.

— Il te dit quoi, ce médecin ?

— Il écoute. Il veut m'aider, me soulager, mais, comme il le répète sans cesse, il ne fait pas de miracles.

Désorientée, Pétronille n'est pas loin de capituler, usée, exténuée.

— Il me revoit tous les mois, il ne me laisse pas tomber, tu sais. Il dirige d'une main de maître la petite équipe de kinés, psychologues, psychomotriciens, éducateurs sportifs...

Pétronille n'oublie pas non plus les autres : ceux qui font fonctionner la structure d'une autre manière : le personnel de restauration, d'entretien qu'elle compare à des confidents et qui jouent un vrai rôle dans la réalité du travail.

Elle a tenté de suivre les conseils à la lettre, de comprendre ce qu'elle devait faire, de ne plus réfléchir, de ne plus analyser. Mais sa vision est affûtée à l'extrême et ce qu'elle voit ne lui plaît pas du tout. Ces séquelles qu'elle constate sont un supplice.

— Je ne suis plus maître de moi. J'assiste à la transformation de mon corps, à sa déchéance. Je suis devenue une chose. Je ne trouve plus ma place dans la société, même dans le futur. Je ne peux pas me projeter.

Hirondelle l'écoute. Et s'il n'y avait que ça ! Pétronille qui est encore en arrêt maladie doit sans cesse se justifier auprès de la Sécurité sociale et de ses assurances : documents administratifs, bulletins d'hospitalisation, comptes-rendus d'examens, certificats médicaux… ! Et comment font ceux qui ont un traumatisme crânien, ou pas assez de capacités intellectuelles ou cognitives pour remplir toute cette paperasse ? Pétronille se le demande.

— Allez, Hirondelle, assez parlé de tout ça ! dit-elle. Regarde, les glaçons sont tous fondus !

Hirondelle comprend mieux ce que vit son amie et pourquoi elle se transforme. L'après-midi a vite passé autour de cette belle piscine cernée par le chant des oiseaux.

Marchez mieux, faites un effort !

Les documents administratifs, la paperasse… ils n'en ont jamais assez. Aujourd'hui, Pétronille est convoquée par son assurance, celle du prêt qui lui a permis d'acheter sa belle voiture rose. Elle doit passer devant l'expert, le docteur Pudubec'h.

En général, elle se lève plus tard. Le moment le plus difficile étant de sortir du lit et de commencer à marcher. Son corps se met en route lentement, telle une vieille voiture équipée d'un starter.

Sept heures trente du matin. Pour une fois depuis bien longtemps, elle prend son petit-déjeuner avec Roméo.

— Quel drôle de nom, quand même ! Je me demande à qui je vais avoir affaire. Tu en penses quoi, chéri ?

— Oh, tu verras bien ! Ils veulent sans doute s'assurer qu'ils ont raison de prendre en charge tes mensualités. Ça fait un an et demi que tu es en arrêt maladie. C'est un contrôle, rien de plus ! Tu leur avais envoyé quoi, comme justificatifs ?

— Seulement mes arrêts maladie. Les comptes-rendus relèvent du secret médical.

Roméo regarde la petite valise à roulettes dans laquelle Pétronille a rangé tous les documents nécessaires à cette convocation.

— Tu as tout mis là-dedans ?

— Oui, et j'ai bien vérifié hier soir.

— Parfait, donc pas de souci. Avec tous les examens que tu as passés, ça devrait leur convenir. Sans parler de tes nombreuses hospitalisations. Allez, relax. Je file au boulot. Je pense à toi. À ce soir, ma chérie. Bonne journée et… courage !

Il l'embrasse.

— À ce soir, mon Roméo.

Pétronille revérifie ses documents. Elle n'est pas sereine. Non seulement la convocation est très matinale mais le nom de ce médecin ne lui inspire rien de bon.

Le chauffeur du VSL arrive avec trente minutes d'avance.

Pour un mois de juillet il fait froid et sombre. Il tombe ce petit crachin breton.

Jojo essaie de la détendre. Elle le connaît bien, depuis le temps. Elle l'écoute et rit de ses blagues. Il est particulièrement déchaîné, ce matin.

— À t'à l'heure, dit-il, en montrant toutes ses dents.

Pétronille s'assoit dans la salle d'attente du cabinet du docteur. Une salle vide et sans âme. La plante, sans doute placée dans le coin pour égailler, perd ses feuilles devenues jaunes. Elle manque de lumière. À moins qu'elle soit trop arrosée ? La peinture est défraîchie. Les magazines ne sont plus d'actualité. Un livre sur la mythologie l'inspire. Elle étend sa jambe gauche sur la valise à roulettes, pour être un peu plus à son aise. Sa lecture de Dédale et de son labyrinthe est brutalement interrompue par l'horloge. La résonance des coups frappés par le balancier lui est insupportable.

La porte du cabinet s'ouvre enfin, comme actionnée par un robot. Une silhouette courbée et longiligne apparaît, que Pétronille, toujours plongée dans sa mythologie, assimile à une tête de taureau montée sur un corps d'homme. Sans un mot, l'expert lui fait signe d'entrer.

La chaise, sans doute destinée aux visiteurs, est placée tout au fond de la pièce, devant un bureau jonché de dossiers. Pétronille avance à son rythme, sentant déjà le regard inquisiteur de l'expert posé sur elle. Son pas n'est pas assuré. Sa démarche est chancelante.

Il ne dit toujours rien. Il l'épie puis s'assoit derrière son bureau une fois qu'elle s'est elle-même installée. Elle sent qu'elle devient sa proie. Il ouvre un dossier. Pétronille l'observe attentivement.

— Vous partez en voyage, madame ?

— Pardon ?

De derrière ses lunettes, ses yeux lui montrent la petite valise.

— Il y a là-dedans mes IRM et mes comptes-rendus, lui indique-t-elle, abasourdie.

— Bon, alors, qu'est-ce qu'il vous arrive ?

Pétronille lui trouve un air fatigué et craint qu'il ne bâcle son expertise.

— Vous voulez dire : qu'est-ce qu'il m'ar-rive aujourd'hui, ou il y a deux ans, quand tout a commencé ?

— Racontez-moi depuis le début, madame.

Pétronille se recentre, respire.

— J'avais mal à la jambe, commence-t-elle. Cela durait depuis une semaine. Mon médecin m'avait prescrit un traitement pour une sciatique mais comme la douleur s'accentuait il a fini par m'en-voyer aux urgences…

Pétronille poursuit son récit tandis que l'ex-pert prend connaissance de son dossier, les yeux carrément collés au papier.

— Immédiatement après l'IRM j'ai été transférée au bloc pour une opération en urgence.

Pétronille s'interrompt, guettant une réaction de sa part.

— En urgence… c'est ce qu'on va voir, dit-il d'un ton hautain. C'est pour cela que vous êtes convoquée, madame, et c'est moi l'expert. Vous avez l'IRM ?

Pétronille la cherche dans ses documents bien classés. Elle connaît l'importance des comptes-rendus qu'elle a réclamés au fur et à mesure de ses examens et consultations. Elle la tend au médecin qui parcourt le texte des yeux puis lance, sans ménagement :

— Il ne s'agissait en aucun cas d'une urgence, madame, vu que vous n'avez pas eu de signes annonciateurs. Du moins, c'est ce que vous avez déclaré lorsque vous avez souscrit votre assurance de prêt pour l'achat de votre voiture.

Pétronille réagit au quart de tour :

— Pardon ? Vous remettez en question la décision de deux neurochirurgiens ?

Il la regarde avec un certain dédain. N'en pouvant plus, Pétronille exprime verbalement ses doutes quant à son professionnalisme. Insensible à l'attaque, le médecin enclenche son dictaphone pour lire le compte-rendu chirurgical.

— Et vous êtes rentrée chez vous directement après cette intervention sans même bénéficier d'une rééducation en centre spécialisé ? s'étonne-t-il ?

Puis il ajoute aussitôt :

— Ça ne devait pas être bien méchant, alors !

Pétronille s'enflamme tel un volcan, avant d'expulser toute sa lave. Il ne s'en émeut pas et lui pose une question qui l'irrite encore davantage.

— Êtes-vous une habituée des arrêts maladie, madame ?

— Mais bien sûr ! Tous les quatre matins je m'arrête, ironise l'infirmière libérale avec bravade.

Là, il la fixe, par-dessus ses lunettes. Pétronille également, espérant qu'il lâchera le premier.

— Marchez un peu, que je voie ! lui demande-t-il pour changer de sujet.

Pétronille s'exécute.

— Appliquez-vous, s'il vous plaît. Marchez mieux. Faites un effort !

— Je ne peux pas marcher mieux !

Ne voit-il pas qu'elle est cabossée, déglinguée, amochée ? Toujours en rééducation, un an et demi après son intervention, et il ose mettre en doute sa bonne foi alors qu'elle ne rêve que d'une chose : reprendre le travail.

Pétronille ne veut plus faire d'efforts.

— Installez-vous sur la table d'examen que je regarde.

— Vous êtes-vous lavé les mains avant de m'ausculter ?

Le médecin se dirige vers un petit lavabo.

— Voilà, mes mains sont propres, dit-il. Je vous attends, madame.

— Ma jambe est très douloureuse et il me semble que vous avez suffisamment de comptes-rendus, lance Pétronille, réagissant enfin à ce qu'elle considère être un abus de pouvoir.

— Comment ? Vous refusez l'auscultation ? s'exclame le docteur Pudubec'h.

— Je refuse que vous me touchiez. Vous avez là des comptes-rendus de neurologues, de neuro-chirurgiens, de personnes hautement qualifiées travaillant dans des centres de rééducation et des centres antidouleur. Il vous suffit de les lire. J'estime que votre auscultation est humiliante mais surtout inutile.

Pétronille hurle, peinant à reprendre son souffle. Les mots jaillissent, telle une coulée de lave en fusion. Elle n'a plus aucun contrôle, plus aucune maîtrise.

Folle de rage, elle se déchaîne avec fracas.

Sa tête a beau lui dire de se taire, elle n'y parvient pas. Une autre Pétronille s'affirme, telle une jumelle maléfique, prête à gagner ce duel coûte que coûte.

Avant l'opération, elle n'aurait jamais osé parler ainsi. Elle n'aurait jamais osé juger quelqu'un sur son apparence physique ou sur son patronyme. Elle aurait analysé la situation posément, sans aucun parti pris. Que se passe-t-il dans sa tête ? A-t-elle changé à ce point ? Elle sait pourtant que l'expert ne fait que son travail. Il ne répond à aucune de ses provocations et il lui faut sans doute une bonne dose de courage pour rester stoïque face à ce déferlement de colère.

Constatant la détresse de celle sur qui il enquête, il fait le tour de son bureau et tapote son épaule, comme pour la rassurer :

— C'est fini, madame. Je vois bien que ça ne va pas. Je vais statuer…

— Foutez-moi la paix ! l'interrompt Pétronille, encore plus folle de rage. Je vous ai dit de ne pas me toucher ! Ôtez vos sales pattes de là !

— Calmez-vous, madame. Reprenez votre souffle.

Pétronille est rouge, en sueur, en transe. Elle s'est débattue comme elle a pu pendant près d'une heure, puisant toute son énergie aux tréfonds d'elle-même tandis que son corps gesticulait de manière désordonnée.

Elle se demande si toutes les personnes convoquées à ce tribunal peuvent combattre ? Celles qui sont en dépression, celles qui ne comprennent pas le domaine médical, celles qui se laissent faire…

Que de dégâts causés par ce malheureux rendez-vous d'expertise sur la si gentille Pétronille !

Elle a mal, très mal. Elle s'enfonce dans la noirceur des ténèbres.

D'un côté, elle est fière d'avoir exprimé ce qui lui était impossible à dire jusque-là, fière que ces mots tant recherchés aient jailli d'un coup, en bataille ; de l'autre, elle s'interroge sur cette violence insoupçonnée, soudaine, qui désormais l'habite.

Comme Picorette, elle a réussi à crier.

Pétronille est malade, beaucoup plus malade qu'elle ne le pensait.

Tel Pinocchio elle se lève, libre, sans ses fils, désarticulée, pour fuir cet endroit si sombre, si froid.

Jojo la rejoint en souriant et lui propose un café.

— Ben, qu'est-ce qu'il vous arrive ? fait-il étonné. Vous avez pleuré ? Vous êtes toute rouge…

Pétronille raconte.

— Quel connard, cet expert ! réagit le chauffeur. Chaque fois que je viens récupérer mes patients c'est la même histoire. Il en fait pleurer, du monde !

Le soleil pointe le bout de son nez, comme si l'orage était passé.

— Direction la maison, ça va vous changer les idées. N'y pensez plus.

Pétronille est en apesanteur, dans une sixième dimension… sans savoir où s'accrocher, sans savoir ce qui lui arrive.

Le tourbillon

Elle est comme absorbée par un tourbillon avec toute sa frénésie. Impossible de tenir. Essayer au moins de ne pas se noyer, de ne pas se laisser engloutir ! Se débattre !

Des pensées violentes, mêlées de douleurs indéfinissables l'envahissent, la pénètrent, sans qu'il lui soit possible de les exprimer. Incompréhension. Fatalité. Acharnement. Elle se tait. Elle sait pourtant qu'elle n'est pas en dépression mais elle ne peut mettre des mots sur les maux. Elle ne les trouve pas. Des termes précis, qualitatifs, quantitatifs, des adjectifs, si divers, si nombreux, si dingues. Elle est bâillonnée.

Pourtant, ses yeux voient, constatent les dégâts, les séquelles, peut-être irréversibles.

Elle a un autre regard sur ce qui l'entoure, sur ce qu'elle entend.

Sa tête pense trop, tourbillonne, lui fait mal. Elle est comme le sable d'une plage, comme ces millions de grains agglomérés lors d'une marée montante et descendante. Elle suit, se laisse charrier par les flots, incapable de résister.

Des pensées, aussi incalculables qu'imprévisibles, lui permettent pourtant de lutter à sa manière. Péniblement, lentement, trop lentement à son goût.

Elle garde la tête hors de l'eau, même si cette eau frôle à plusieurs reprises ses lèvres, ses narines. Elle lutte, elle essaie de comprendre. Ce que ses yeux embués distinguent ne lui plaît pas. Cette image d'elle-même, elle la refuse. Elle ne veut pas la voir. Elle ne veut pas se voir. Elle ne l'accepte pas.

Oui, Pétronille se transforme.

En bien ? En mal ? Elle ne sait pas. Elle a déjà appris à se défendre, et même avec violence, face à la causticité de cet expert. Elle connaissait la cruauté des hommes mais pensait naïvement que le domaine médical était épargné. Elle a combattu avec fougue mais se pose des questions sur elle-même tout en essayant de se sortir de ce trou noir qui l'emporte, douloureux tant physiquement que psychiquement.

Parfois, elle aimerait qu'une vague l'engloutisse une bonne fois pour toutes.

Sa légèreté, sa gaieté, sa fraîcheur sont loin.

Elles sont là, enfouies. Elles reviendront. Elle en est persuadée.

Pour l'instant, son instinct, sa vue, son ouïe la guident telle une malvoyante, une aveugle.

« C'est étrange. » Voilà les premiers mots qui naissent de son stylo. Cet expert, elle se le rappellera toute sa vie. Elle se libère. Elle se déchaîne. Ses mots s'emmêlent, mais prennent du sens, pour elle, surtout.

Ses faiblesses l'entravent, telles de lourdes chaînes, comme les poids que portaient les prisonniers aux chevilles.

Pétronille n'avance plus. Elle s'enlise.

Elle a toujours su se jouer de la vie, se jouer d'elle-même pour arriver à ses fins. Pour arriver à quoi, aujourd'hui ?

Le Passage des anges

La Terre continue de tourner. Les informations tombent chaque jour. Pétronille ne les écoute plus vraiment, en tout cas plus comme avant. Elles ne font que l'inquiéter sur le comportement humain.

Elle doit continuer à respirer et à éviter tout ce qui risquerait d'anéantir le peu d'énergie qui lui reste.

Pétronille a envie d'être seule. Des moments rien que pour elle. Elle a besoin de s'isoler. Elle n'a jamais pris le temps de le faire et c'est la première fois qu'elle en a l'occasion.

Les professionnels craignent une clinophilie, ce trouble psychologique qui consiste à rester au lit toute la journée. En bref, ils craignent une dépression. Elle pense qu'ils se trompent mais elle n'a pas la force de leur prouver le contraire. Elle ne parvient pas à s'exprimer.

Ses amies s'agitent autour d'elle, l'air de rien.

Elles ne comprennent pas ce désir de solitude, de retrait. Elles ne l'ont jamais vue ainsi.

Parfois Pétronille n'a pas le courage de les voir, de raconter ses séquelles, d'énumérer ce qui ne va pas, d'avouer ses progrès insuffisants.

Elle subit, c'est déjà beaucoup. Est-ce la peine de se mettre en échec alors qu'elle doit se reconstruire ? Se reconstruire prend du temps, beaucoup de temps, et c'est la raison pour laquelle elle éprouve le besoin de faire le point avec elle-même, de s'isoler, de se tester, de s'observer, de s'analyser, de lire son corps et de se laisser guider par son instinct… C'est long, oui !

Malgré tous les protocoles de soin tentés pour enrayer la progression de la douleur, rien n'a fonctionné. Elle est là, permanente, obsédante. Si le mental de Pétronille n'était pas parvenu à lui faire oublier les cris de son corps meurtri, telle une plaie à vif, que serait-il resté d'elle ? Les traitements échouent les uns après les autres. Les profession-nels combattent avec elle et ne lâchent pas… Mais il faut attendre six mois environ pour un nouveau rendez-vous dans ces centres dédiés à la douleur.

Comment faire pour survivre pendant ce temps ?

Son état émotionnel et son manque d'activité physique ont déclenché une hypertension, de l'eczéma, des démangeaisons… Cardiologue et dermatologue sont entrés en scène avec leur panoplie de crèmes en tout genre et d'hypotenseurs.

— Tu vois, Hirondelle ! C'est la galère ! Le corps s'habitue aux traitements antidouleur et chaque fois il faut augmenter la dose.

Hirondelle écoute, encore et encore. Le temps passe. Pétronille tient bon. Elle écrit. Elle note.

— Plus tard, j'expliquerai les phases par lesquelles je suis passée, dit-elle, la sidération face à un corps qu'on ne comprend plus, la colère, le découragement, l'absence de projection… J'aiderai ceux qui sont perdus, humblement, sans prétention. Chacun est différent dans son mal-être.

Malgré la bienveillance de ses amies, il arrive que Pétronille accepte difficilement leurs visites. Elle les trouve souvent trop intrusives même si elle les comprend. Ces dernières envisagent comme un danger ce besoin d'immersion personnelle. Elles ne veulent pas que l'eau la submerge. Alors, épisodiquement, chacune à sa manière vient la voir, ou l'emmène prendre l'air, avec ou sans prétexte. C'est parfois difficile, mais elles parviennent à lui changer les idées ne serait-ce qu'un instant, si précieux soit-il, si nécessaire. Elles lui permettent de rester connectée à la réalité.

Pétronille ne les écoute pas forcément. Elle les regarde s'agiter, comme elle avait l'habitude de le faire elle-même avec ses patients.

Elle est entre deux, entre deux quoi, elle n'en sait rien. Mais elle prend conscience qu'elle n'est plus celle qu'elle était.

Ses amies ne renoncent pas. Elles tiennent le cap. Elles sont sincères, vraies. Elles savent qu'il faut la pousser, la tirer doucement pour que la corde ne lâche pas.

— Je les laisse faire, car je sais qu'elles le font pour moi, pour elles, pour nous, confie-t-elle parfois à Roméo.

Pétronille avance dans sa tête, petit à petit… Mais quand son côté sombre refait surface elle ne décroche pas son téléphone ou hoche la tête alors qu'elle n'a pas écouté celle ou celui qui lui parle.

Hirondelle, son amie infirmière, ressemble à un oiseau. Elle se construit un nouveau nid – sa maison – qui l'occupe dès que son travail à l'hôpital lui laisse quelque répit. Pourtant, elle vient chercher Pétronille, elles prennent l'air ensemble et font le point régulièrement. Elle aussi a des stratégies d'approche. Elles parlent de tout : du neurochirurgien, de l'intervention, des séquelles, du ras-le-bol, du devenir professionnel, du degré d'autonomie… Entre elles il n'y a aucun tabou. C'est simple, agréable, apaisant. Et parfois elles débranchent leur cerveau et passent de bons moments. De vrais moments ! Des escapades à Fréhel. La mer leur fait du bien. Hirondelle aussi a besoin de se détendre, et se surprend parfois à traiter son amie de rabat-joie quand elle s'embarque dans de longs monologues.

— Est-ce que tu penses que je serais capable de reprendre mon travail ? lui demande Pétronille.

— Penses-tu être assez claire dans ta tête pour pouvoir aider les autres ? fait celle qui est toujours infirmière de nuit.

— C'est ce que je sais faire de mieux, naturellement, sincèrement, sans calcul.

— Oui mais ne penses-tu pas être encore un peu fragile ?

— Tu as raison. Il va falloir que je règle d'abord mes comptes avec moi-même.

Et elle conclut le regard brillant :
— J'ai du pain sur la planche.

— Tu vois, Pétronille, tu avances, continue ! l'encourage Hirondelle.

Ariel, elle aussi infirmière libérale, vient voir Pétronille dès qu'elle peut. Et pourtant elle cavale, se perd, s'oublie, jongle avec le travail, la vie de famille, les devoirs des enfants. Pétronille se retrouve en elle.

— Je termine mes télétransmissions, je donne deux ou trois coups de fil, j'organise ma tournée de ce soir, et je passe te voir, avant d'aller récupérer les enfants à la sortie de l'école, lui dit-elle.

Pétronille était comme elle avant. Vive, rapide, positive. Elle n'en revient pas de voir ce qu'elle est devenue.

Pâquerette, son amie du centre, n'a pas encore quitté l'hôpital de jour mais Pétronille entretient avec elle de vrais liens d'amitié. Elle se souvient de leur première rencontre.

— Salut, je peux m'asseoir ici ?

— Bien sûr ! Il n'y a pas de place attitrée quand on est en hôpital de jour.

Depuis, elles échangent sur leurs malheurs, leur incompréhension, sur ces moments bizarres…

Mais Pâquerette est forte comme la tige de cette jolie fleur avec laquelle Pétronille se tressait des colliers quand elle était enfant. Elle a perdu quelques pétales dans sa douloureuse et infernale histoire. Comme Pétronille, elle voudrait retrouver les responsabilités qu'elle assumait dans le paramédical avant son accident. Elle voudrait redevenir celle qu'elle était. Elles ont tellement de points communs toutes les deux !

Elles cheminent de manière différente, mais ensemble. Entre elles, rien ne les choque. Elles se comprennent et ne se jugent pas. Elles comparent leurs douleurs neurologiques. Chacune a sa dose, ses particularités.

— On est pareilles, mais différentes.

— Toi, t'es quand même bien cabossée ! s'esclaffe Pétronille

— Enfin, moi, je n'ai pas un pied qui fauche ! lui rétorque son amie en riant.

— Ben non, tu te la coules douce enfoncée dans ta Rolls que tu commandes au doigt et à l'œil.

Quand elles ne plaisantent pas, elles ont besoin d'échanger. Chacune a des choses à dire. Chacune évacue. Ensemble elles y parviennent alors qu'avec d'autres c'est plus difficile. Elles évoquent même la possibilité de rester invalides, de ne plus pouvoir travailler du tout. Elles savent qu'il y aura des étapes, celle-ci en sera une. Elles s'y préparent. Elles ne sont pas si dingues, finalement ! Elles savent qu'il leur restera des séquelles.

Lesquelles ? Elles ne veulent surtout pas les chercher.

— On est en rééducation pour combattre, pour récupérer. Allez, ne lâchons pas !

— Oui, mais quand même, j'aimerais bien marcher, tu vois. J'en ai marre du fauteuil !

À la maison, Pâquerette continue : tapis de marche, natation. Elle est soutenue et propulsée en avant par son mari, ses enfants, sa mère…

De son côté, Pétronille pense aux randonnées, au vélo, à toutes ces activités qu'elle adorait et se demande ce qu'elle va bien pouvoir entreprendre pour revivre différemment, pour se réinventer.

Ensemble, elles s'entraident. C'est rassurant. L'union fait la force ! Leurs rires effacent la tristesse, l'absence d'avenir. Elles se moquent d'elles-mêmes, sans aucune méchanceté. Une façon de prendre de la distance. Comme si elles commençaient à s'accepter, toutes cabossées qu'elles sont.

Les pensées s'évadent. Elles vivent. Ces rires en sont la preuve.

Mais elles savent aussi qu'elles ont besoin des autres pour s'en sortir. Elles ne peuvent rester dans leur monde éternellement. Il leur faut des ouvertures, quitte à les provoquer. Les regards extérieurs leur permettent de se confronter à la réalité, cette étape si douloureuse. Elles ont pris conscience que, derrière les beaux discours, la société avait bien du mal à s'adapter à celles et ceux qui n'entrent pas dans le moule. Partout et chaque jour des droits sont bafoués.

— Si on ne parvient pas à se projeter on n'est rien. C'est une situation dangereuse, dit Pétronille. On est comme le funambule sur son fil. Le danger est de basculer dans le vide. Survivra-t-on à ce changement de vie ?

Aujourd'hui, l'invalidité leur apparaît comme une protection face à ce monde de compétitivité, de challenges, de productivité, de course effrénée vers la réussite dont elles ne font plus partie.

— On était dingues quand même de bosser autant ! constate Pâquerette.

Elles en rigolent. Se préservent comme elles peuvent et avancent ensemble sur le chemin de l'acceptation. Comment vont-elles évoluer ? Vont-elles vivre, survivre ou revivre ?

Leurs vies d'avant sont mortes. Elles le savent. Comment vont-elles assumer leur transformation physique ? Vont-elles finir par s'y résigner ? Et les douleurs, vont-elles enfin mettre les voiles ?

Charlie, son autre amie du centre, est l'artiste du groupe. Une formidable rencontre que Pétro-

nille a faite vers la fin de sa rééducation. Pâquerette, Pétronille et Charlie ont très vite sympathisé
même si cette dernière n'est pas issue du milieu
médical. Elles ont d'autres points communs, à
commencer par leur handicap. Cabossées toutes
les trois : des maladies qui les ont touchées cruel-
lement et de manière agressive.

Charlie les emmène avec grâce dans son
monde merveilleux. Elle résout les énigmes, l'inconnu, d'un simple mot, d'une simple phrase.

— T'as acheté son bouquin ? demande Pétronille à Pâquerette. Il est génial !

— Ben non, tu sais bien que c'est compliqué,
pour moi de lire. Je ne vois plus comme avant. Il
faudrait que je me procure une loupe de la taille
d'un livre !

Pétronille lui raconte comment Charlie joue
avec les mots, comment son livre l'inspire. Grâce
à elle, elle commence à écrire. Les mots se bous-
culent dans sa tête.

Pétronille, Pâquerette, Charlie, les cabossées
se rebellent face à la maladie, pour gagner. Pour
l'emporter. Elles se donnent de la force ! Quel
chemin parcouru ensemble !

— Je t'envie, Charlie, de trouver des mots
si forts, si justes, lui dit Pétronille. Cela paraît

tellement simple quand tu en parles !

— Ce que tu me dis me touche. Tu sais, mes écrits ne sont que le prolongement d'un long parcours.

La nouvelle romancière a déjà achevé son deuxième livre. Elle a les yeux brillants et animés. Elle aide à sa façon, avec ses mots. Elle se débarrasse ainsi d'une partie de sa souffrance, de son vécu douloureux. Pétronille boit littéralement ses paroles. Tel le phare qui clignote dans l'obscurité, Charlie montre la route.

— Merci à toi. Merci à nous !

Elles rient. Les cabossées s'éclatent.

— T'imagines qu'on fasse un film ?

— On peut toujours rêver !

Charlie dédicace son livre à Pétronille avec la mention « quelle rencontre ! ». Tel le bourgeon d'une rose avant son éclosion la romancière semble aspirer progressivement la rosée du matin, avec timidité. Elle ne fanfaronne pas, sans doute par peur de sombrer à nouveau. Telle une équilibriste sur sa corde, elle a déjà accompli un bon bout de chemin. Elle a aussi appris à observer, comme le faisait Robert l'infirmier de l'unité psychiatrique.

Elle prend son temps pour se connaître, après

l'épreuve qu'elle a traversée et qui l'a conduite elle aussi en rééducation.

Dans la série des anges gardiens Roméo est le plus fiable de tous. Tel un archange, il ne dit rien, ne pose pas de questions mais inonde Pétronille de son affection. Il la soutient en silence. Il respecte ses bizarreries, ses changements. Il lui manifeste sa tendresse, son amour infini, éperdument mais à sa manière. Un baiser chaud posé sur sa joue la touche profondément. Elle ressent du réconfort, de la quiétude, de la sérénité. Il l'accompagne sans en dire trop. Il l'apaise.

Pétronille aimerait ne pas lui infliger la vision de quelqu'un qui marche mal, qui se décrépit, qui vieillit trop vite ou qui se plaint sans cesse. Elle ne veut pas le perdre. Aussi, elle essaie de tricher, de ne pas évoquer certains symptômes pourtant inquiétants, de ne pas les montrer.

Elle joue finalement un double jeu, un double "je", sans en mesurer la portée.

Ce n'est pas du déni mais de l'amour. Un profond respect aussi, une reconnaissance sans bornes envers celui qui est toujours là pour elle, son âme sœur.

— Tu vois, Hirondelle, il faut qu'on reste au même niveau pour continuer notre aventure ensemble. Notre union me pousse à avancer, à ne pas le laisser seul. Je me force, le soir, à lui demander comment s'est passée sa journée de travail.

— Tu continues à progresser, c'est bien, lui dit son amie.

S'intéresser de nouveau à ses proches est une façon pour elle de se hisser hors de l'abysse.

— Il me redonne le sourire, la joie de vivre que j'ai enfouie tout au fond de moi. Il fait renaître cette douce folie qui me manque tant. Notre vie, faite de rituels, a été bouleversée mais il n'a jamais montré d'agacement. Il programme des vacances, des sorties.

— Vous repartez en Espagne, alors ?

— Il m'a fait la surprise ce week-end en me montrant des billets d'avion !

— Quel Roméo tu as trouvé, Pétronille ! Il est aux petits soins pour toi. Toujours là !

Roméo casse la routine. Roméo s'engouffre dans les brèches qui se sont entrouvertes. Roméo crée de nouvelles ouvertures. Roméo exploite les changements d'humeur de sa femme de manière positive. Roméo la tire et l'entraîne avec lui. Quelle force ! Insoupçonnée, discrète ! Et pourtant, sa propre histoire de vie ne lui a pas permis d'exprimer sa sensibilité. Le divorce de ses parents l'a fragilisé et il lui a fallu devenir adulte plus tôt, ne pas tenir compte de ses émotions. Pétronille sait qu'il en souffre encore mais il s'accommode de son état, tout simplement. Le temps sans doute l'a conduit vers plus de sagesse, de maîtrise.

Quant à ses petits anges qui ont bien grandi, Yannick et Marco, ils ne manifestent jamais leur inquiétude, en tout cas jamais devant leur mère. En apparence tout semble serein. Pourtant, Pétronille a appris par l'un des copains de Yannick qu'ils avaient peur d'être obligés de vendre la maison. Beaucoup trop de marches et d'obstacles pour Pétronille. Ils y pensent mais gardent leurs états d'âme pudiquement, secrètement, à l'image de leurs grands-parents et de leur père. Ils avancent dans leur vie de jeunes adultes.

Roméo et Pétronille sont très fiers d'eux. Ils les ont fait grandir et les enfants les font grandir à leur tour. Les regards qu'ils s'échangent ont changé. Ils se respectent. Ils discutent. Ils avancent mieux, tous ensemble.

Chacun se construit… C'est calme, agréable.

Mais Pétronille est-elle réellement plus apaisée ? Serait-ce le calme avant la tempête ?

Comme d'autres anges gardiens, les parents de Pétronille formaient un duo magnifique, très présent pour elle sans jamais l'étouffer. Mais Doigts d'Or est parti brutalement à la fin de juillet, alors qu'ils devaient fêter leurs cinquante-cinq ans de mariage quelques mois plus tard. Jamais ils ne sauront pourquoi il est tombé dans le jardin, à côté de la tondeuse en marche. Pétronille ne peut oublier : c'était deux jours avant sa convocation chez l'expert. Un traumatisme pour elle, pour sa mère, pour sa sœur, pour les petits enfants... pour eux tous !

Tout allait bien pourtant en cette journée d'été quand le drame est survenu. Impensable !

Personne n'a pu lui dire au revoir. Ses amis ont souffert avec lui, pour lui... Si pudique, Doigts d'Or ! Il en a aidé, du monde ! Une vie difficile où beaucoup ont profité de sa gentillesse et de sa dextérité. À quatorze ans il aidait déjà ses parents à la ferme. Il regrettait son manque d'instruction mais excellait dans tout type de travaux manuels, sans jamais en tirer profit. Sa satisfaction était de réparer, de transformer, de rendre service.

Sans le sou, cet homme talentueux et effacé avait rénové seul sa maison, le soir, après sa journée de travail. La prunelle de ses yeux le secondait. Elle budgétisait aussi les dépenses du couple au centime près. Elle encourageait et s'occupait des enfants. Elle soutenait, tel un pilier.

Bien sûr il y avait eu son AVC quelques années tôt. Un AVC qui l'avait blessé dans son âme, dans ses chairs, dans l'estime qu'il avait de lui-même. Les séquelles l'empêchaient d'être aussi adroit qu'avant. Lui aussi était passé devant l'expert. Un moment difficile. Prunelle et lui avaient été abasourdis par les propos qu'on leur avait tenus. Pourtant, les séquelles étaient bien là : de l'AVC, de la valve aortique, du pacemaker. Doigts d'Or avait tout perdu : et ses doigts et ses droits. Il en avait même pleuré, lui qui s'épanchait rarement. Prunelle l'avait confié à sa fille. Il n'avait pas essayé comme elle de contester la décision. Trop pudique et discret pour contredire quoi que ce soit.

Si dur pour Pétronille de voir sa mère souffrir en silence depuis que celui qui comptait tant pour elle n'est plus là ! Alors, avec sa petite tribu elle lui a redonné le goût de la vie, tout en encourageant ses fils à profiter de leur grand-mère :

— Donnez-lui des nouvelles. Envoyez-lui des photos. Occupez-la. Il ne faudrait pas qu'elle sombre… elle aussi.

— Oui, maman, ont répondu ses fils dans leur innocente et folle jeunesse, très affectés eux-aussi par la disparition soudaine de leur grand-père.

Toute la famille a participé à cet encadrement bienveillant.

— Allô, maman. Bon, on passe te chercher demain pour aller à Fréhel. Ce week-end, c'est une grande marée.

Le sable, la mer, les marées, la nature… Chacun respecte les habitudes de l'autre. Ça paraît si simple, dit comme ça !

Que d'amour, que de gentillesse, que de générosité, que de sourires, que d'aide !

Que c'est important de ne pas être seule !

Les Pipotins et les Pipotines

Pétronille se rappelle son dernier jour au centre. Elle riait avec Pâquerette quand Oisillon, un jeune patient, était venu leur annoncer qu'il s'en allait. Sans le vouloir il avait cassé l'ambiance. Depuis le temps qu'il était là ! Lui aussi, sortait ! Et définitivement en plus !

Sur le chemin du retour Pétronille avait essayé d'imaginer sa nouvelle vie. Sans rééducation, sans ses garçons qui avaient pris leur envol, sans Roméo qui travaillait. Un nouveau rythme l'attendait. Il lui faudrait se créer un planning, s'oxygéner, s'occuper, se réaliser. Elle serait seule à la maison en journée.

À peine rentrée, elle avait posé le sac à dos qui ne l'avait pas quittée de toutes ses journées au centre. Elle avait rangé lentement ce qu'il contenait : pantacourts sombres, maillot de bain, sachets de thé… Comme une volonté de passer à autre chose.

Les mots de Charlie résonnaient dans sa tête : « Tu nais toi quand tu nettoies ce qui n'est toi. » Puis ses propres mots avaient pris le relai : « Deviens toit en toi. »

Pâquerette lui avait conseillé de ne pas passer tout son temps à écrire.

— Il faut que tu marches aussi, avait-elle insisté. Je ne voudrais pas te revoir en fauteuil !

Aujourd'hui, il s'agit d'avancer dans ce dédale, d'éviter les impasses, de trouver une sortie, plusieurs peut-être. Elle sait qu'elle ne sera plus infirmière. L'aventure est terminée. Ses blessures physiques et psychologiques monopolisent toute son attention. Elle n'a plus de place pour les patients. Mais il lui reste les mots. Ils sont l'exorciste que Pétronille cherchait depuis si longtemps. La résurrection par les mots !

Elle met une musique qu'elle écoutait pendant ses tournées, entre deux visites. Elle aimerait crier sa douleur pour l'extirper de ses chairs. Chanter, à cor et à cri, puis réunir les deux parties de son Moi : le corps et la tête. Elle savoure les paroles de chacune des chansons. Elle monte le volume. Et pourquoi n'inventerait-elle pas ses propres notes de musique ? En attendant ce moment, elle repasse en boucle : "Think" d'Aretha Franklin, "Everybody needs somebody" des Blues Brothers, "Unstoppable" de Sia… Des musiques entraînantes, des musiques fortes…

Les mots, l'art, l'histoire de l'art. Elle s'y était intéressée quand ses enfants étaient en troisième. Aujourd'hui, c'est pour elle seule qu'elle observe un tableau, qu'elle l'analyse, qu'elle prend le crayon ou les pastels, qu'elle dessine une silhouette ou un coucher de soleil sur la mer.

Doucement, mais sûrement, elle reconstruit une partie d'elle-même. Son extravagance, sa douce folie, sa légèreté, elle va pouvoir les exprimer à travers l'art, à travers les mots, ses mots. Elle n'est plus essentiellement tournée sur elle-même. De nouveau elle s'ouvre aux autres. Comme ces moments passés sur la plage avec Roméo. Chacun y trouve son plaisir : elle dans la contemplation des vagues, des dunes, des couleurs sur la mer ; lui dans l'action et la jouissance de la baignade.

— Tu viens nager, lui dit-il gentiment.

Mais Pétronille n'a pas envie de se baigner dans l'eau froide d'octobre. Tandis qu'il s'amuse en se défoulant dans les vagues, elle essaie de marcher sur le sable. Comme c'est difficile !

— Alors, pas trop fraîche ? demande-t-elle,

amusée de le voir revenir rouge comme un homard.

— Non. Et toi, tu as ramassé du bois flotté ? Tu as de nouvelles créations en tête ?

— Oui, je vais tenter de les assembler pour en faire un sapin de Noël. Il me reste deux mois.

— Allez, rentrons vite au chaud ! Tu viens, Cyrano ?

Cyrano, c'est leur chat persan. Il marche en laisse à côté d'eux, posant délicatement ses pattes sur le sable. Encore une idée de Pétronille. La première fois que Roméo l'a vu faire il était stupéfait :

— Tu ne vas quand même pas emmener le chat à la plage !

— Et pourquoi pas ? Il a bien le droit de bronzer lui-aussi !

— De bronzer ! Mais il est tout blanc ton Cyrano ! Et en plus il est vieux.

— Justement ! Un peu de vitamine D lui fera du bien.

Ces moments passés dans l'air iodé rythment leurs week-ends. Pétronille réapprend à aimer le bruit du flux et du reflux, le sable sec dans lequel il lui est si difficile de marcher, le soleil breton, les vagues qui se fracassent sur les rochers de grès rose ! Les mouettes rieuses vont et viennent avec leurs cris perçants, les hirondelles des sables construisent leurs nids dans les dunes entre les hautes herbes qui s'inclinent sous le vent. Tout prend forme pour Pétronille.

Depuis qu'elle est sortie de rééducation elle s'occupe : créations en bois flotté, confection de boules de neige avec les pots de yaourt en verre, fabrication de coccinelles en galets qu'elle recouvre d'acrylique, toute sorte d'objets qu'elle ramasse ou qui partiraient à la poubelle si elle ne leur donnait pas une deuxième vie, tout cabossés qu'ils sont.

— Les amis de ta mère veulent savoir si, avec tes bouteilles, tu pourrais leur faire un chien qui ressemblerait au leur, quelque chose entre Rantanplan et Pollux, lui demande Roméo.

— Waouh, je ne garantis pas le résultat, mais je vais essayer !

Quand Pétronille offre à sa mère ses nouvelles créations, un sourire illumine son visage, comme si elle y voyait l'empreinte de Doigts d'Or. Elle s'empresse de les montrer à ses amis. Une motivation supplémentaire pour Pétronille qui veut rendre sa mère heureuse mais aussi la distraire.

— Que dirais-tu d'aller au cinéma. Cela fait bien trente ans que tu n'y es pas allée, non ?

— Manon des sources est le dernier film que j'ai vu, je crois. C'était il y a trente-cinq ans !

Elles choisissent des films drôles et en voient plusieurs en l'espace de peu de temps.

— Il ne faudrait pas s'y habituer ! dit Prunelle qui culpabilise de prendre du plaisir alors que Doigts d'Or n'est plus là.

En dehors des moments passés avec sa mère et Roméo, Pétronille apprivoise son nouveau corps. Il lui faut digérer ce vécu douloureux. Les mots vont l'y aider. Elle s'en servira pour remercier tous ceux qui se sont tant démenés autour d'elle.

Sa vie a changé. Définitivement. Elle aperçoit la lumière du phare même s'il est encore un peu loin, des balises la guident. Ses valeurs, ses priorités se remettent en forme, mais différemment. Elle se reconstruit, se forge de nouveaux repères. Elle est encore jeune, toujours dans la quarantaine, bien qu'il y ait plusieurs unités derrière le 4.

Enfin elle accepte de regarder son corps dans une glace. Elle aimerait retrouver sa silhouette et supprimer les bourrelets qui sont apparus pendant ces deux ans de souffrance, de perte d'identité, d'espoir. Elle décide de se nourrir correctement et de prendre soin d'elle. Elle remet aussi son alliance qu'elle avait retirée quand son doigt avait gonflé.

Le miroir, la balance, les repas équilibrés, les vêtements colorés, une nouvelle coupe de cheveux, un soupçon de maquillage… le changement est en marche. Et Pétronille n'éprouve même pas de rancune envers ceux qui se sont faits si discrets qu'elle ne les a plus vus depuis son opération. Comment auraient-ils pu imaginer qu'un dos malmené puisse entraîner de telles séquelles ? Qu'une jeune femme aussi dynamique et enjouée, circulant dans une Fiat rose bonbon, puisse souffrir le martyr ? Qu'une infirmière qui soignait tant de monde ait besoin à son tour qu'on s'occupe d'elle ? Si encore ils l'avaient croisée en fauteuil roulant ! Si encore elle avait eu un véritable accident de la circulation ! Si au moins on lui avait diagnostiqué une maladie dégénérative ! Mais un mal de dos ! Et même pas de cane ! Qui n'a pas eu, un jour dans sa vie, une sciatique, une lombalgie, un tour de rein ? Frappée de plein fouet par le mal du siècle, le handicap de Pétronille s'est banalisé jusqu'à se transformer en « problème de dos tout court ». L'expert lui-même n'avait-il pas dit : « Ça ne devait pas être bien méchant, alors ! ».

Quand on la croise l'hiver, en robe d'été et les jambes à l'air, on ne se préoccupe pas d'en connaître la raison. On lui dit simplement : « Mais vous n'avez pas froid comme ça ? ». Elle n'y attache plus d'importance. Sa jambe ne tolère ni pantalon, ni collant, et son pied gauche ne supporte ni chaussette, ni chaussure. Cette impression de "jambe en trop" est accrue dès que son pied est enfermé. Aussi, elle marche pieds nus la plupart du temps, mais comme ses pieds n'ont plus de sensibilité elle doit faire très attention aux débris qui jonchent le sol.

Viennent ensuite les situations angoissantes comme l'obscurité. Elle perd l'équilibre dans le noir. Elle essaie aussi de contrôler cette satanée jambe qui bouge sans cesse. Elle a beau se concentrer pour la poser à terre, elle se relève d'elle-même de quelques centimètres, comme mue par un ressort. Tout son poids se porte alors sur l'autre, occasionnant une sciatique permanente.

Depuis peu, de nouvelles douleurs sont apparues sur le dessus de son pied gauche : des picotements désagréables. Elle ne sait si elle doit s'en réjouir. Ils pourraient provenir d'une tendinite causée par une mauvaise posture, annoncer le réveil de sensations ou être dus à l'aggravation des symptômes neurologiques.

— On va quand même demander un doppler, a dit le docteur Penchrec'h.

Quant aux médicaments, Pétronille avale de plus en plus difficilement ses comprimés. Elle aimerait s'en passer et libérer son corps et sa tête de l'emprise des antidouleurs. L'accoutumance qu'elle a développée aux antalgiques, combinée à l'inactivité, lui a fait prendre des kilos qui influent sur son moral et sa forme physique. Même les tâches ménagères les plus simples lui coûtent des efforts.

— Heureusement qu'on a Firmin pour le sol, se réjouit-elle. Avec ses petites brossettes il passe partout.

— Je n'aurais jamais pensé qu'un robot soit aussi efficace, admet Roméo. Quand je l'ai acheté j'étais un peu sceptique. Mais il nous aide beaucoup.

Pétronille commence à apprécier sa nouvelle liberté, cadrée par ses limites physiques et sensorielles. Elle essaie de positiver, de prendre, de savourer différemment.

Du temps a passé depuis l'opération mais le temps de la douleur est immuable. De ce côté-là, rien n'a bougé.

« Tant pis », pense Pétronille en observant les Pipotins et les Pipotines qui s'en donnent à cœur joie. Ceux qui savent tout alors qu'ils ne savent rien, qui connaissent d'avance le vécu de Pétronille, éprouvent ses douleurs alors qu'elles sont si personnelles. Ils arrivent même à envier sa situation : « Elle se la coule douce, la petite ! », « Elle fait ce qu'elle veut de ses journées » ; « Que d'arrêts maladie pour un petit mal de dos » ; « Elle a de la chance de ne plus travailler ! »

Certains, pourtant, la feraient culpabiliser de vaquer à ses occupations sans contrainte de temps et de rentabilité, voire d'utilité, même si elle commence à penser à ce qu'elle a et s'en satisfaire, tentant d'oublier ce qu'elle n'a plus.

Inactive, Pétronille a parfois l'impression qu'on la jette comme un citron qu'on a bien pressé. Savent-ils seulement, tous ces Pipotins et Pipotines, que les déchets sont désormais valorisés et que Pétronille en fait même des œuvres d'art ?

Dans la vie de tous les jours, cependant, son identité sociale est souvent questionnée : « Elle fait quoi, ta mère ? » ; « Votre métier, madame ? » ; « Cochez la case correspondant à votre situation professionnelle, s'il vous plaît. ». Le sourire aux lèvres, et les yeux brillants d'une certaine malice, Pétronille déclare : « Madame, j'essaie d'écrire le mot *cabossée* mais il n'entre pas dans la case. »

Les cabossés ont un statut et des droits mais certains ne semblent pas les avoir bien compris…

C'est le cas des Bonzamis qui aident les détenteurs d'une carte prioritaire dans le seul but de servir leurs propres intérêts. Faut dire qu'il y en a des avantages ! À commencer par la carte inclusion-mobilité qui permet d'éviter de faire la queue à la poste ou au supermarché, puis le billet de train gratuit pour l'accompagnateur, avec en prime la reconnaissance de l'entourage : « Quelle abnégation ! »

C'est aussi le cas des Moua-Je qui guettent l'ouverture des caisses prioritaires pour se dépêcher de balancer toutes leurs courses sur le tapis roulant en entamant une brève discussion avec la caissière. « Oh, je n'avais pas vu que j'étais à une caisse prioritaire », s'exclament-ils avec beaucoup d'assurance, ne se tournant vers le cabossé qu'au moment où l'employée a commencé à les encaisser. « Ne vous inquiétez pas, ajoutent-ils grands seigneurs, ça ne sera pas bien long. »

L'observation de ces comportements suggère à Pétronille un métier imaginaire en cas de questionnement.

— Répondez-leur que je suis philosophe, dit-elle à ses enfants.

Philosophe, quelle belle reconversion ! Sa dérision est de retour, son amertume s'efface.

Pétronille est entrée dans un monde parallèle. Elle est en paix avec elle-même la plupart du temps. Elle s'affirme, prend conscience de ses progrès, agit, sans retomber non plus dans son exubérante empathie. Elle bichonne désormais un patient VIP : son corps. « T'occupe pas de la marque du vélo, pédale ! lui aurait dit Doigts d'Or, son père. Allez, bon Dieu, lâche pas ! »

Pétronille a encore besoin d'aide, elle le sait. Elle voudrait prendre son envol, mais ses ailes brisées mettent du temps à se reformer.

Six mois sont passés hors structure. La pause a été bénéfique mais elle veut tenter, coûte que coûte, de récupérer ce qui est encore récupérable. Le docteur Papillon la suit dans l'aventure. Elle va mieux et il est favorable à un programme de rééducation quelques jours par semaine. Pâquerette en est ravie. Elle s'ennuyait sans elle.

L'heure, c'est l'heure !

— Bonjour, Pétronille. Allez, on se réveille, il est l'heure ! Commençons par la prise de sang.

— Fous-moi la paix, Martine. Dégage !

— Allez, tends le bras, s'il te plaît. Sois gentille !

— Ne me rate pas, pour une fois !

Martine a couru toute la matinée pour arriver à l'heure mais elle a trente-deux minutes de retard. Pétronille le lui fait remarquer. Elle n'a plus que ça à faire maintenant. Martine s'excuse. La journée est chargée.

— Attends que je t'aide à t'asseoir sur ton fauteuil ! Voilà, c'est bon. Roule vers la salle de bain pendant que j'ouvre le robinet de la douche. Je sais que tu n'aimes pas quand c'est tiède.

Pétronille ne répond pas et prend tout son temps. Ça l'agace de voir débarquer Martine tous les matins, comme ça, enjouée.

— Qu'est-ce qui t'arrive Pétronille ?

— J'ai pas envie. Il est trop tard, j'ai faim.

— La récompense après l'effort, lui dit Martine avec un grand sourire. Allez, tu te sentiras beaucoup mieux après pour passer une bonne journée.

— Passer une bonne journée ! Tu te fous de ma gueule ? Moi, j'ai faim !

— Tu sais bien que je ne peux pas attendre que tu déjeunes. On en a déjà parlé. Tu peux le faire avant que j'arrive !

— T'es vraiment conne, tu sais. Tu reviens de vacances et en plus, t'es en retard. L'heure, c'est l'heure ! Je n'ai pas envie que tu me déranges quand je déjeune. J'en ai marre, moi, que tu viennes quand ça te chante. Martine en vacances. Martine à la mer. Martine à la montagne. C'est bon, là ! Ils me soûlent tes remplaçants !

Et voilà, c'est reparti, Pétronille est encore de mauvaise humeur. Elle n'est pas simple à gérer. C'est le troisième cabinet infirmier qu'elle use.

— Allez, sèche-toi ! Je prépare le matériel pour faire le pansement.

— Putain, Martine, tu m'fais mal, là ! Et applique-toi un peu ! Hier, tu m'as mis une seule compresse. Je n'avais pas assez d'épaisseur. Ça m'a lancé toute la journée.

— Quand je te mets deux compresses, y'a trop d'épaisseur. Deux, c'est trop, et une, c'est pas assez ! Donc, je t'en mets combien ce matin ?

— C'est toi, l'infirmière, tu devrais le savoir, quand même !

Martine regrette déjà ses vacances. Sa remplaçante lui a bien dit que Pétronille était insupportable, qu'elle lui gâchait sa tournée du matin, qu'elle lui avait fait perdre deux heures jeudi… Malgré tout, Martine lui trouve des excuses.

— Tu as eu des nouvelles de Roméo, finalement ?

— Tu parles ! Rien à foutre de moi ! Il est parti comme un voleur. Pas revu depuis qu'il s'est trouvé une autre gonzesse ! Je te dis, tous les mêmes !

— Et tes enfants ?

— Bah, comme leur père ! Ce sont des mecs ! Ils s'en foutent !

Et elle se met à crier :

— Mais fais gaffe, tu m'as mis du shampooing dans l'œil.

— Baisse bien la tête, je vais rincer.

— C'est quand même incroyable que tu ne saches pas faire un shampooing !

Martine l'essuie sans relever la remarque et la roule jusqu'à la cuisine.

— Je te dépose la facture des quinze derniers jours pour que tu prépares le chèque pour ce soir. Pense à sortir ta carte vitale afin que je valide le paiement et que tu te fasses rembourser.

— Parce qu'il faut déjà te payer ?

— Une fois tous les quinze jours pour trente passages, je crois que c'est correct. Et en plus, on attend que madame Pétronille ait été remboursée pour encaisser son chèque ! Le boulanger te fait régler chaque jour. Bref, je ne t'apprends rien !

— Pour ce soir c'est 20 h 30 et pas 20 h 15 ! Je n'ai pas envie de rater la fin de ma série.

Tout est dit, comme un gros cliché arrosé de grossièretés. Pétronille a bien changé et ne perd pas l'occasion de le faire savoir.

L'appartement est sale, pas entretenu, sans âme. Martine lui a déjà dit qu'elle n'était pas là pour faire le ménage, ni descendre la poubelle. Au début elle s'est fait avoir, mais elle a fini par poser des limites. Sa collègue lui a conseillé de la recadrer pour que les soins se déroulent le mieux possible. Mais Martine a probablement beaucoup de compassion, prête à tout pour faire sourire cette patiente qu'elle ne connaît que depuis quelques mois.

Pétronille avale d'un coup son thé, devenu froid, en entendant le VSL qui vient la chercher.

— Pas trop tôt ! 9 h 35 ! J'ai failli téléphoner !

— On m'a dit 9 h 30, lui répond Jojo.

— Et pas trop vite, hein ! J'ai mal, moi !

Jojo garde le sourire, mais ne répond pas. Elle a toujours quelque chose à dire et ce n'est jamais agréable. Il préfère se taire. Il a l'habitude de ces situations.

— Tu pourrais quand même mettre de la musique, réclame-t-elle.

Compatissant, le chauffeur allume la radio, le doigt sur la télécommande du volant en attendant le prochain ordre.

— Ah, c'est nul, ça ! Tu peux pas trouver quelque chose de bien, non ? Oh, laisse, ça, ça va !

Jojo regarde sa montre.

— Tu finis à quelle heure, ce soir, Pétronille ?

— À dix-huit heures.

— À ce soir, alors !

Jojo ne demande pas son reste, et comme il termine sa journée à dix-sept heures ce ne sera pas lui qui ira la rechercher !

Irrité, il constate l'état de son siège passager. Il va devoir nettoyer avant le prochain patient. Il a oublié de mettre le coussin plastifié que son patron a acheté… spécialement pour Pétronille.

— Bonjour, Pétronille, lui dit une kiné du centre. Vous avez mis une robe, ce matin. C'est coquet mais vous savez bien que ce n'est pas facile pour la rééducation. La prochaine fois, mettez un pantalon, pensez-y !

— C'est l'infirmière, rétorque Pétronille agressive, elle ne comprend vraiment rien ! J'ai beau lui dire, mais…

— On va s'arranger, lui répond gentiment la soignante, en la dirigeant vers des barres parallèles. Commencez déjà en dépliant bien le genou.

— C'est nul, comme exercice, se rebelle la patiente.

— Nul, je ne sais pas. Mais j'ai besoin d'évaluer vos capacités et cet exercice est important.

— Vous avez toujours raison, de toute façon !

À la pause-déjeuner Pétronille installe son fauteuil devant la porte de la salle à manger, prête à démarrer au quart de tour pour être servie la première. Pâquerette l'a repérée mais n'essaie pas de se rapprocher. Elle l'observe de loin, tristement. Tout le monde se plaint de Pétronille et Pâquerette tient à sa réputation.

Elles se retrouvent de toute façon dans le bassin à treize heures pour leur séance de balnéothérapie. Attentive, l'animatrice sportive explique les exercices spécifiques à chacun.

— Encore ça ! Fais chier ! répond Pétronille en faisant partager à tout le monde son désaccord et en profitant bien de l'écho de cette grande pièce carrelée.

Personne ne lui répond. Personne ne lui parle. Elle observe Pâquerette qui rit avec un grand monsieur chauve. Son amie a progressé. Elle n'a plus besoin de s'envoler dans la chaise pivotante pour entrer dans l'eau. Elle aimait tant faire le clown à trois mètres de hauteur pour épater la galerie. Aujourd'hui, elle s'applique à marcher avec le sourire et ça énerve Pétronille.

— Mais où allez-vous ? demande un membre de l'équipe médicale à l'ex-infirmière.

Quand ça lui chante, Pétronille interrompt ses séances et appelle la société d'ambulance pour qu'on vienne la chercher. Elle plante ainsi les rééducateurs qui croulent sous les demandes de rendez-vous.

Aujourd'hui, elle relance l'entreprise de VSL vers quinze heures.

— Ça fait trente minutes que j'ai téléphoné. Qu'est-ce que vous foutez ? demande-t-elle à la réceptionniste.

— On sait que vous êtes prête, mais on s'est organisés pour dix-huit heures, comme d'habitude. Nous faisons de notre mieux.

Pétronille a roulé son fauteuil dans l'entrée

du centre et guette l'arrivée du chauffeur.

— Ah, ben, quand même, tu en as mis du temps, dit-elle à Jojo.

Pauvre Jojo qui pensait échapper à sa mauvaise humeur sur le trajet du retour ! Il met son fauteuil dans le coffre, l'aide à s'installer et reprend la route, le doigt sur la touche radio du volant.

Une fois arrivée il lui demande à quelle heure il faut venir la chercher le lendemain.

— Tu n'as pas retenu, Jojo ! Quand même ! Demain, j'ai rendez-vous à 9 h 30.

— Donc je passe te prendre à neuf heures.

— Viens pour 9 h 30, j'te dis ! neuf heures c'est trop tôt pour moi. Je ne serai pas prête avec cette abrutie d'infirmière qui ne comprend rien à rien.

Jojo ne conteste pas.

Les journées de Pétronille sont devenues tristes, amères, vides. Plus personne ne l'appelle pour prendre de ses nouvelles. Rien ne va. Elle passe à côté de tout. Quand elle s'enfonce dans son sofa pour zapper les chaînes avec sa télécommande, elle trouve que tout est nul. Comme aujourd'hui lorsqu'une voix, sortant on ne sait d'où, l'interpelle. Une maison austère apparaît, un immense escalier se dresse devant elle et la voix lui crie :

— Entrez, Pétronille. Montez ! Je suis au premier.

C'est la voix de l'expert. Elle est plus forte que d'habitude.

— Et je fais comment avec mon fauteuil ? se rebelle Pétronille.

— Ne faites pas semblant ! Dépêchez-vous !

Pétronille se laisse glisser à terre et roule sur le tapis rouge tacheté, rampant tel un ver de terre pour escalader à sa manière cet escalier qui lui semble interminable.

Elle souffle, elle crache, elle peine. Le tapis est usé, ayant sans doute subi de nombreux frottements.

— Y'a un fauteuil là-haut ? demande-t-elle.

— Allez, plus vite que ça ! lui répond la voix qui résonne.

Pétronille n'en peut plus. Elle n'a pu monter que quelques marches dans cette position. Elle abdique, seule dans cette maison vide, remplie de toiles d'araignée, et jonchée de saletés. Elle se sent piégée.

— Pétronille, lui hurle la voix, apportez-moi votre fauteuil !

Bouleversée, elle se met en boule et dévale

ce qu'elle vient de grimper si péniblement pour aller le chercher. Pétronille est par terre, comme un pantin désarticulé, démembrée, en plein milieu de l'entrée. Elle n'arrive plus à bouger.

Devant elle, l'escalier s'effondre dans un bruit de cataclysme. Un trou béant se forme. Elle se traîne au bord du précipice. Elle voit son fauteuil partir en chute libre, se fracasser dans cet immense trou, découvrant un monde souterrain et ténébreux.

— Bienvenue dans ma clinique, lui dit un géant barbu, assis derrière un bureau majestueux.

Un chien est à ses pieds, prêt à bondir pour rendre sa garde plus dynamique.

— Je suis un expert de la douleur, dit l'homme en attrapant de grosses pinces chirurgicales. Vous avez bien fait de venir. Mes collègues ont mal travaillé. Brisons cette colonne pour repartir de rien.

Et il lui montre les échantillons de tiges métalliques qu'il a greffées sur d'autres patients devenus cobayes.

Expert de la douleur ! Ce mot fait frémir Pétronille. Il l'a traumatisée.

Elle vacille. Que va-t-il lui arriver ? Qui est cet expert ? Pourquoi est-il là ? Que lui veut-il ?

Comment résister ? Les questions affluent dans sa tête. Elle est en danger. Elle se met à bouger dans tous les sens.

— Pétronille, Pétronille, réveille-toi ! Je crois que tu fais un cauchemar.

Elle sent une main sur son épaule et cette voix douce la rassure. Roméo est là, près d'elle. Il ne l'a jamais quittée. L'infirmière Martine n'a jamais existé. Il n'y a jamais eu de fauteuil roulant.

— Si tu savais de quoi j'ai rêvé ! J'étais odieuse. Vous m'aviez tous abandonnée.

Elle l'observe, le sent, savoure cet instant. Avant de se rendormir elle regarde sur la table de chevet les photos de sa famille, une si belle famille. Elle respire profondément, sereinement. Elle sourit.

Ouf, elle l'a échappé belle !

La lumière du phare

Courageusement, Pétronille reprend sa route vers le futur, vers l'avenir, vers un nouvel horizon.

Elle est assoiffée de rencontres. Elle profitera de sa fougue pour entraîner avec elle tous ceux qui luttent contre cette injustice qu'est le handicap. Elle a pactisé avec la sagesse, une transformation graduelle de son impétuosité.

Capitaine de son vaisseau, capitaine à la jambe de bois, elle se harnache d'énergie et de hardiesse. Elle n'a pas encore gagné. Elle n'a pas encore perdu. Elle avance sur le chemin de l'acceptation, croisant des sentiers si riches, si imprévisibles.

Pétronille voit désormais la vie autrement. Elle respire, savoure chaque instant, apprécie chaque élément, même le plus insignifiant. Elle profite, elle rit, elle donne et, pour la première fois, elle apprend aussi à prendre. Terminé les regrets !

Elle écrit. Elle note pour ne pas oublier, pour ne rien oublier, pour transmettre, libérer la parole, libérer ceux qui souffrent.

Son père disait souvent : « T'occupe pas de la marque du vélo, pédale ! ». Doigts d'Or était la lucidité même ! La famille et les amis ont tant ri en l'entendant prononcer cette phrase qu'il utilisait souvent lorsqu'il était à bout d'arguments. Sa présence et sa voix lui manquent, comme ces phrases magiques et pleines de bon sens qu'il aimait répéter.

Les étoiles guident Pétronille. Au loin, la lumière scintillante d'un phare attire son regard pétillant et avide d'aventures. Le marin expérimenté qu'elle est devenue semble apercevoir une terre. Les balises de pleine mer ont disparu, la côte est proche et les sirènes ont été débarquées. «À l'eau les sirènes, je ne vous entends plus !».

Roméo est là, près d'elle lui aussi. Il avance à sa manière. Il savoure le bord de mer, son odeur iodée, ses grains de sable agglomérés, le bruit du flux et du reflux, le vent qui souffle sur sa peau, le soleil qui illumine son teint, le sable sous ses pieds… le réveil de sa compagne enfin libérée.

L'héritage familial de Pétronille l'accompagne dans son nouveau périple. En avant, toujours en avant, en dépit de cette satanée jambe de bois. Oui, désormais, Pétronille ne s'occupe pas de la marque du vélo, elle pédale... plus fort que jamais !

Bonne route !

On a beau se plonger dans des lectures sur l'altération des capacités corporelles, que ce soient des témoignages ou des publications médicales, tant qu'on n'a pas vécu cette souffrance de l'intérieur on ne peut que l'imaginer. Il manquera toujours l'intensité physique et mentale ainsi que les répercussions qui s'enchaînent les unes après les autres : familiales, sociales, financières ...

La rupture d'un quotidien génère dans un premier temps des manques et des pertes dans tous ces domaines. Le travail de deuil ne peut commencer qu'à partir du moment où l'on se résigne enfin à ces bouleversements.

Ces écrits sont importants parce qu'ils éclairent les spécialistes dans la prise en charge globale du patient et apportent surtout de l'espoir à tous ceux qui traversent ces perturbations. Savoir qu'on n'est pas seul dans son cas aide à se reconstruire, et à ne pas lâcher.

Pétronille a pu avancer mais aussi accepter grâce à son métier d'infirmière, à l'empathie, aux rencontres, aux soutiens. À tous ceux qui vivent ces turbulences elle leur dit : « Croyez en vous, croyez en l'aide des autres. Ne vous occupez pas de la marque du vélo, pédalez à votre rythme ! »

L'écoute des uns et des autres, le respect et l'absence de jugement l'ont aidée à progresser. Ne pas sombrer était l'essentiel. Chacun à sa façon lui a maintenu la tête hors de l'eau.

«Considérons-nous, tout simplement, dit Pétronille. Apprenons à nous connaître, tous, avec nos différences qui nous permettent de ne pas être anonymes. Elles ne sont ni des tares ni des supériorités. Ne regrettons jamais rien. Profitons de l'instant. Restons des êtres en devenir. Rien n'est acquis : ni le bon ni le mauvais. L'harmonie, le bien-être, le salut, la transcendance de la souffrance et des souffrances sont à espérer. Compléter son savoir-faire avec son être de raison, peut-être... Comprendre que nous sommes un tout plus grand, et donc respecter ce qui est. Quelle vision avons-nous de nous-mêmes en tant que partie intégrante de l'univers ? Que la vie devienne un amour plein de senteurs, de chaleur, de douceur. »

«Oh, là, là, je pétronille, pense-t-elle. Je

reprends la plume. J'ai dit que je ne voulais pas être une case cochée. Alors, t'occupe pas de la marque du vélo, pédale ! Quelle vie ! Bonne route ! Profite du paysage, arrête-toi aux carrefours de ce chemin. Savoure, écoute, rencontre ! Prête attention au minuscule grain de sable qui peut-être une révélation. Pédale, en paix avec toi même !»

REMERCIEMENTS

"D'an holl re a garan"
à toi, papa, à toi maman, à toi mémé, mes architectes,
à toi mon chéri, si discrètement toujours présent,
à vous mes enfants devenus de beaux jeunes hommes,
à ma famille,
à vous mes amis,
à tous les « cabossés » que j'ai rencontrés en rééducation,
à vous les professionnels de santé,
à vous les infirmières mes consœurs,
à vous les aidants,
à toutes les rencontres...
Vous m'avez tous permis de continuer mon aventure.

Un remerciement particulier au Dr. Pencrenc'h et au Dr. Papillon :
finalement Notre-Dame de Lourdes peut faire des miracles !
C'est un sacré centre de rééducation !

À Sandrine, pour ses très bons conseils et sa gentillesse, et
à tous les jeunes illustrateurs de France, de Russie, du Canada,
des États-Unis qui ont proposé un dessin pour la couverture de
mon livre : Thomas, Axelle, Rita, Kenan, Siobhan, Zlata, Anna,
Liza, Sofia, Ouliana, Ninon, Eliot, Emy, Elsa, Zélie, Emily, Maelle...
Je tiens aussi à les remercier pour leurs vidéos d'encouragement
qui m'ont fait chaud au cœur.

CHEZ LE MÊME ÉDITEUR

COLLECTION COMME TOUT UN CHACUN

La Paix toute une histoire, essai, Sophie-Victoire Trouiller

Nouvelles du Temps qui passe, recueil, Michel Pain-Edeline

Un petit cimetière de Campagne, roman, Jacques Priou

De mon Amazonie aux confins du Berry, recueil, Irène Danon

COLLECTION VOIR AUTREMENT

L'Insurgée aux yeux d'ombre, roman, Diane Beausoleil

Pas si bête, roman, Clélia Hardou

COLLECTION LES MOTS DU SILENCE

Deux Mondes, témoignage, Christelle Luongkhan

Signence - la langue des signes, album de photos, poèmes et textes,

Eve Allem et Jennifer Lescouët

COUVERTURE

Illustration de Thomas Croteau, 13 ans.
De nationalité canadienne, Thomas est collégien
dans la province de Québec.

Nous remercions l'alliance française d'Irkoutsk en Russie
pour sa contribution, ainsi que Yana Samofeeva, professeur
de français à Angarsk (région du Baïkal)
qui a su trouver de nombreux jeunes dessinateurs
parmi ses élèves.

Afin de sensibiliser les jeunes au handicap,
RENAISSENS confie l'illustration de ses couvertures
à des jeunes de moins de vingt ans.
Ce programme qui concerne les jeunes du monde entier
s'inscrit dans un projet "jeunesse,
interculturalité et francophonie".

Pour participer à la sélection des prochaines couvertures
rendez-vous sur la page du site Renaissens

http://www.renaissens-editions.fr/projet-jeunes/

ISBN : 978-2-491157-14-2

Dépôt légal : mai 2021

Lightning Source UK Ltd.
Milton Keynes UK
UKHW010633021121
393250UK00002B/189